八木山蒼
ill.壱子みるく亭
宝石の聖女
―宝石を要求していたら「欲深女め！」と追放された。
結界の維持に必要だったんですけど？まあもういいや―
JN246078

「こ、このドレス、大丈夫ですか？
高貴すぎて私には似合わないような……」
【宝石の聖女】
ジュリーナ・コランダム

「すごく、綺麗だ。
似合っているよ、とても」
【オーソクレース第一王子】
フェルド・オーソクレース

私の胸元に宝玉の輝きが戻ってきた。
宝玉が私を守ってくれているようだ。

宝石の聖女

―宝石を要求していたら「欲深女め!」と追放された。結界の維持に必要だったんですけど？　まあもういいや―

八木山蒼　ill. 壱子みるく亭

CONTENS

Houseki no Seijo

プロローグ

Houseki no Seijo

私、ジュリーナ・コランダムは聖女と呼ばれる人間だ。

聖女といっても大層なものではなく、私のいるアルミナ王国を魔物と瘴気《しょうき》から守る結界の維《い》持《じ》・管理役というだけでしかない。

先代から受け継いだこの仕事、それなりに気に入っていたのだが……

◆◆◆

「聖女、いや偽聖女ジュリーナ・コランダム！　貴様を追放処分とする！」

突然王様に呼び出された私は、唐突な追放命令を受けて目をパチクリさせた。

はあ？　王国を守っている私を追放？　正気ですか？

「あの王様、まず理由を……」

「そんなもの決まっている！　貴様が日々奢侈《しゃし》に溺《おぼ》れ、贅《ぜい》の限りを尽くし、王国の財を食い潰《つぶ》し続けるからだ！」

はあ～？　私が？　贅沢《ぜいたく》？

むしろ贅沢しすぎないよう、毎日贅沢三昧《ざんまい》の王侯貴族たちを尻目に、日々の食事は市民と同じものにして、服も寝具も一般の品を使っていたのに？　結界の管理は当然の役目だ～とか言われて無給だったし。

「あの王様、私がいったいどんな贅沢を……」

「とぼけるのもいい加減にしろ！　貴様が幾度《いくど》となく要求する、『紅《くれない》の宝玉』のことだ！」

……『紅の宝玉』？

それを求めることが、贅沢？？？　本気で言っているのだろうか。

『紅の宝玉』はその名の通り真っ赤な色の宝石だ。その美しさもさることながら、その本質は中にこもったエネルギー。魔力に満ちた場所で自然生成される、いわば魔力の塊《かたまり》、かつ自然の魔力によってできるため、魔物が本能的に嫌う力を持っている。

この王国を守る結界も、聖女……つまり今は私が『紅の宝玉』の魔力を抽出《ちゅうしゅつ》・純化《じゅんか》し、昇華《しょうか》させることで成り立っているのだ。なので私は『宝石の聖女』とも呼ばれている。

だから私が『紅の宝玉』を要求するのは当たり前だし、そうしなければ国を守れない。それが贅沢などと、本当にふざけた話だ。

「いやいやいや待ってください！　『紅の宝玉』は結界の維持に必要不可欠なのです！　けっして私が贅沢なのではなく……」

「そんなことはわかっている！　だが貴様が要求する『紅の宝玉』の量は明らかに異常だ！　そのせいで国の金が底を突きかけているのだぞ!?　先代まではこんなことはなかった！」

「はあ～!?」

そんなこと知ったこっちゃない、私は先代に教わった通りにただ宝石の力を抽出し、結界を維持しているだけだ。必要量も先代に教わった通りそのままやっているし、なんなら先代よりも少ない量で同じ規模の結界を維持できているはずだ。

数多くいた聖女候補から私が任命されたのは、その抽出の技量を見込まれてのことだったし……

だいいち、国の金が尽きかけているとしても結界の維持は最優先、切り詰めるなら王侯貴族たちの贅沢生活の方だろうに。

「事実、貴様の部屋には大量の『紅の宝玉』が溜《た》め込まれているではないか！　結界のために使うでもなく溜め込み、何をするつもりだったのだ？　機を見て売り捌《さば》く心づもりだったのだろう！」

「ええ？」

私の部屋に大量の宝玉……それも当たり前だ。宝玉は必ずしも純粋な魔力の塊ではなく、不純物が残っていたり、なんなら偽物が混ざっている可能性もある。そうした宝玉をチェックし、結界に使えるよう調整するのも私の仕事だ。そのため私の部屋には調整中の宝玉が置かれている。

「あの、お聞きください王様、『紅の宝玉』はですね……」

「問答無用！　すでに証拠《しょうこ》も証言も揃《そろ》っている、言い逃れは不可能だ！　これ以上我らをたぶらかし、罪を重ねる気か？　聖女の立場をかさに着て、宝石をため込む業《ごう》突く張り女め！　恥を知れっ！」

王が私を指さして唾《つば》を飛ばす。すると周りの兵士や大臣たちも、そうだそうだ、この悪女めが、と私を非難した。

ああ……そう。

その頃には私はもうすっかり冷めていた。ろくに原因究明も対策を練《ね》ることもしようとせず、私が悪いに決まっている！　と決めつけて……彼らの中での私がどんな扱いなのかが窺《うかが》える。感謝も配慮《はいりょ》もない、不都合《ふつごう》を押し付けるのになんの抵抗もない存在なのだろう。

「あの～、一応聞きますけど、私がいなくなった後、どうやって魔物から国を守るんですか？」

「フン、貴様の魂胆《こんたん》はわかっている。聖女選抜試験で歴代最高の評価を残した自分を追放しては国が滅ぶ、と我らを脅《おど》しつけるつもりなのだろう？」

別にそこまで言ってないんだけど……完全に悪者だと決めつけられている。

「貴様のような悪女などに頼らずとも、アルミナには真の聖女たる者がいる！　脅しには屈さんぞ！」

王が唾を飛ばして主張する通り、聖女は何も私一人というわけじゃない。私の他にも聖女の力を持つ聖女候補は数人いる、その力と宝玉があれば結界の維持はできるだろう。

だが、そもそもその聖女候補の中から私が聖女に選ばれたのは私がその力にもっとも秀でていたからだ。その私がいなくなったらどうなるか……。

その時。

「今にして思えば、そもそもがおかしかったのだ。卑《いや》しい出の貴様が、歴代最高の聖女などと」

王の顔が、より一層醜《みにく》く歪《ゆが》んだ。

「もはや全てがお見通しだぞ。高貴なる心は高貴たる身に宿る、とはよく言ったものよ。王侯貴族へのさもしい嫉妬《しっと》でもあったのであろう、卑しい身の貴様はその生まれゆえに卑しい欲望を肥大化させ、たまたま聖なる魔力の素質がわずかにあったのをいいことに聖女候補となり……試験で不正を行い、結果を捏造《ねつぞう》した！　そしてまんまと聖女となったわけだ！」

王の中では私が悪ということで物語が決まってしまっているようだ。王だけではない、周囲の人間たちもなんてことだ、この悪女めが、と声を荒らげてくる。いや私はただ孤児院で平和に暮らしてたら、ある日突然お前には聖女の素質があるから訓練しろと無理やり連れていかれて訓練の日々を……

「強欲女の本性が暴《あば》かれた今、貴様の邪《よこしま》な野望もここまでだ！　所詮、出の卑しき女は心も卑しいということなのであろうな！」

そう言って私を見下して笑う王、そして人々の顔。それが最後の一線だった。

別に生まれを笑われることには慣れている。ただその時の王の顔が、あまりにも、あまりにも腹立たしくて。

ああ、もう、知ったことか。

「あーそうですかそうですか、わ・か・り・ま・し・た！」

こりゃもう何を言っても無駄だろう。私がいなくなったらいったい国がどうなるか。国民たちには悪いけれど……恨《うら》むなら王と、王を止められないこの国の仕組みを恨んでくれ。

「本来ならば己が欲望のために聖女を騙《かた》った者など死罪が当然。それを追放に留める温情に、せいぜい感謝することだな！」

王様の言葉に周囲の家臣たちがさすが王、寛大《かんだい》だ、と歓声を上げた。あの、魔物がはびこる国外へ、私みたいな女一人での追放は普通なら事実上の死罪なのですが？　まあおかげで問答無用の処刑は避けられそうだが……王の格好つけとそれに気づかない、あるいは気づいていても王の機嫌取りに終始する家臣たちには呆《あき》れるしかない。

「追放、甘んじてお受けします！　今までありがとうございました‼」

「フン、ようやく諦めたか。言っておくが貴様の部屋にため込んだ宝石を持ち出せると思うなよ？　今からすぐに国外へと出るのだ！　兵士、この悪女を監視しておけ！」

着のみ着のまま追い出すとは、完全に死罪と同じだ。いよいよ王への同情が消え失《う》せていく。

「宝石の悪女、偽聖女ジュリーナよ！　二度とこの国に近寄るな！」

「はいはい……」

勝ち誇った王の悪態を背に受けつつ、兵士たちに挟まれて王宮を後にする。

さらに王宮を出てからは、国民たちの冷たい視線にさらされた。

「見て、あれが聖女様……いえ偽聖女が追放されるみたいよ」

「やっぱり噂《うわさ》通りの悪女だったのね」

「あいつのせいで私たちの生活が……！　とっとと出ていけ！」

一人が声を上げたのを皮切りに、罵詈雑言《ばりぞうごん》が私に浴びせかけられた。その声から察するに、宝石の購入による財政逼迫《ひっぱく》が、国民たちの生活を苦しめていたらしい。その声が王にも届き、焦った王に私はまんまとその元凶に仕立て上げられたというわけか。

しかし仮にも今まで国を守ってきた聖女にこうも手の平を返すとは、少しくらい私の無実を信じてくれても……

「つっ！」

私の顔に石が投げつけられた。兵士たちが、やめろ、他の者に当たったらどうする、と声を上げる。私に当たるのはどうでもいいらしい。ほんっとにもう。

まあいい、もう知ったことじゃない。

こうして、私は追放されたのだった。

第一章　追放されたけど平気です

Houseki no Seijo

城を出てから馬車に乗せられ、兵士たちの監視の目にさらされながら揺られることしばらく。

「降りろ」

乱暴に降ろされたのは国境付近、そして結界の境界だ。通常、国を覆《おお》う結界は不可視だが、この境界付近ではわずかに魔力の壁を見ることができる。私が『紅の宝玉』の力を込めた、魔物や瘴気を遠ざける聖なる結界。

（色が薄い……そういえば最近、宝玉貰えてなかったものね）

本来ならそろそろ宝玉の魔力を込められるべきタイミングだが、追放によりそれを逃したため、結界の力は明らかに弱まっている。これではそう遠くない内に……

「きゃっ⁉」

考えを巡らせていたら、いきなり背中をドンと押され、前のめりに倒れた。そのまま結界を抜ける、結界は人間には無害なので問題ないが、単純に転《ころ》んでしまった。

「寛大な王に感謝しろ。だがもしこの国にまた現れるようなことがあれば、今度こそその命はないと覚悟しておけ」

私を突き出した兵士は吐き捨てるように言った。結界越しに私を見る顔が憎《にく》たらしい。兵士はそそくさと馬車に乗り込んで去っていった。

はいはいわかりました。頼まれたって来ませんよこんな国。最後までよくもまあ……

「ま、いいや」

私はむしろスッキリした気分で立ち上がった。あのクソ国から離れられて、解放感でいっぱいだ。

辺りを見渡す。国境付近のそこは、石畳の道が延びているだけの平原だ。道は私のいたアルミナ王国と隣国を結ぶもので、辿《たど》っていけば隣国まで行ける。だが隣国までは歩いたら何日もかかってしまうだろうし、結界から離れるほどに魔物の危険は増え、隣国に辿り着くまでにまず間違いなく死んでしまうだろう。

だが私は特に焦ることもなく、道の端に腰かけて待った。

魔物の心配はない。聖女の力があれば私1人分くらいの魔物を遠ざける結界は簡単に作れるのだ。『紅の宝玉』はあくまで大規模な結界を維持するのに必要だっただけで、その力の本質は私自身の中にある。もちろん、宝玉があればより強力な魔法が使えるのは間違いないけれど。

先代聖女様に教わった記憶を思い返す……魔法の他に、この国の歴史も教わった。

アルミナ王国の東西南北に延びる四本の道は、ずっと昔に商人たちが『紅の宝玉』を運んでこれるよう整備されたもの。アルミナ王国は立地的に交易の要衝《ようしょう》でもあり、たくさんの商人たちが毎日行き来する。

道に刻まれた轍《わだち》、つまり馬車の車輪の跡は、長い間多くの馬車が行き来した証だ。だからここで待っていれば……

「あ、来た！」

しばらくの後、アルミナ王国から続く方に馬車の影が近づいてくるのが見えてきたのだった。

◆◆◆

馬車は案の定商人の馬車で、アルミナ王国での商売を終え、隣国……オーソクレースへと帰る途中だったようだ。

「災難だったなあ。いいよ、乗ってきな」

「ありがとうございます！」

オーソクレースまで連れて行ってほしいと頼むと、商人のお爺《じい》さんは快諾《かいだく》してくれた。なんて親切な人、ああ、アルミナ王国のせいで荒《すさ》んだ心が少し和《やわ》らぐ……。

ちなみに私がこんなところにいた理由は「ひどい人たちに、無理やり馬車を降ろされて、無一文で放り出されてしまった」と説明した。嘘は言っていない、うん。お爺さんはきっと、乗合馬車を騙った盗人に騙《だま》されたとでも解釈してくれたのだろう。

とにかくこれで隣国まで行けることになった。後のことはとりあえず着いてから考えようか。

「ただ積み荷が多いからな、狭いだろうがガマンしてくれ」

「もちろん、乗せていただけるだけありがたいですから。でもお爺さん、護衛の傭兵などはいないんですか？」

馬車はお爺さんのひとつだけだった。アルミナ王国の結界内ならともかく、国を行き来する商人は魔物に備えて傭兵《ようへい》を雇《やと》うのが普通だが……

「ああ、うちは心配いらないんだよ。入ってみな」

促《うなが》されるまま馬車の中に入ってみる。すると目に飛び込んできたのは、見覚えのある、ありすぎる石だった。

「こ、これ、『紅の宝玉』！」

お爺さんの馬車の中、木箱に山積みにされていたのは、赤く輝く宝石。見間違えるはずがない、『紅の宝玉』だ。

「そうさ、ワシはこれを生業《なりわい》にしてるのよ。こいつはこのままでも魔物が嫌う魔力を放つからな、自然と魔物除《よ》けになるのさ」

お爺さんの言う通り、結界に使うには抽出・純化が必要だが、『紅の宝玉』に眠る魔力自体はそのままでも強く、魔物はその気配を嫌う。それもこれだけの量があれば、傭兵がいらないというのも頷《うなず》ける。

「でもこんな、無造作《むぞうさ》に山積みにして……高いんじゃないんですか？」

「そこのは元々不良品なんだよ、不純物が混ざってたり、気泡が入っちゃってたり、欠けてたり小さすぎたりしてな、宝石好きの貴族たちはそういうの気にするから、まともには売れない。だからこそ安く仕入れてアルミナに売っているのさ、聖女様の結界にする分には関係ないからな」

「な、なるほど～」

賢いお爺さんだ、思ったよりやり手の商人なのかもしれない。傭兵いらずで人件費も省《はぶ》けているのだろうし。まあまさか、その聖女が今まさにここにいるとは思わないだろうけど。

思えば、たしかに私のもとに用意される『紅の宝玉』はそうした状態の悪いものも多かったが、あれらはこのお爺さんや、お爺さんと同じ考えの商人たちが卸《おろ》したものだったのだろう。私の技術をもってすれば抽出には問題ないし。

……こういう工夫《くふう》がアルミナ王国にも必要だったはずだ。高い高いと文句を言って安易《あんい》に私を切り捨てるんじゃなくて、宝石の仕入れなり値段つけなり工夫次第で……このお爺さんを王様にした方がよっぽどいいような気すらしてくる。

「本当はいつものようにこいつをアルミナで金に換え、今度はその金で傭兵雇って帰るんだが……つっかえされちまってなあ」

「突き返された？」

「ああ。ワシは昨日アルミナに到着して、今日中には宝玉を売却する予定だったんだが……聖女様の追放？　だかの騒ぎがあってなあ」

「えっ⁉」

ドキリとした。でも考えてみれば、アルミナにいたなら追放のことは知っているはずだ。

「なんでも今の聖女様が嘘ついてたとかで追放されて、新しい聖女様が選ばれたんだとか。ま、ワシらには宝玉が誰に使われようと関係ないし、聖女様の顔も見たことないけどなあ」

「あ、あはは……そうなんですねー」

思えば私は王宮内で暮らし、理由なく外に出ることも許されていなかったので、私の顔を知る人は王宮の外にはあまりいない。それが功を奏《そう》したようだ。

「それでいつものように商売に行ったんだが……多少は買われたが今までに比べりゃほんのわずかだ。なんでも当分『紅の宝玉』の購入は制限するとか言っとったな」

おおかたアルミナ側は、私が溜め込んだ（とされている）『紅の宝玉』があるから、それでしばらく結界をもたせるつもりなのだろう。

「挙句《あげく》アルミナの国の役人がな、これまでは偽聖女のせいで宝玉が不足していたがこれからは違う、今までよくもむしりとってくれたな強欲商人めー、なんて捨て台詞《せりふ》まで吐きおったよ。まったく……」

「まあ、なんてひどいことを！」

私は自分のことのような怒りを感じた。あいつら、『紅の宝玉』を供給していたお爺さんになんてことを！　私と同じく国を守ってくれていたようなものなのに。

「こんな親切で、しかも賢いお爺さんに対してなんてひどい言いぐさ！　許せませんね！」

「カハハッ、お嬢ちゃんも怒ってくれるか？　ちょっと気が楽になったよ、ありがとな」

ところで、とお爺さんは言う。

「あんたまさか、その追放されたって聖女様じゃないよな？」

「へっ!?　な、なんでそう思ったんですか……？」

「いやぁ、追放された聖女様は、今頃あんたみたいに道で立ち往生《おうじょう》しててもおかしくないよなあと思ってさ。ま、でもアルミナの人の話を聞く限り、その追放されたっていう人は相当な極悪人らしいし、お嬢ちゃんがそんなわけないわな」

そう言ってお爺さんはカラカラ笑った。アルミナによって誇張《こちょう》された悪女ジュリーナ像が私を守ってくれたらしい。私は引きつった笑いを浮かべて話を合わせるしかなかった。

まあそんなわけで、私とお爺さんは仲良く話しながら、和気あいあいと隣国オーソクレースまで向かうのだった。

だが、その途中。

『ヒヒーン!?』

突然、馬が鳴き声を上げたかと思うと馬車が揺れ、止まってしまった。

「ど、どうしました?」

「んー、ああこりゃいかんな」

お爺さんと私は馬車を降りて馬の様子を確かめに行く。見れば、蹄《ひずめ》のひとつがパックリと割れてしまっていた。

「しまったなあ、アルミナで手入れするつもりだったのがいきなり追い返されたもんでうっかり忘れてた。まだ宿までも遠いし、どうするか……」

困った様子のお爺さん。ここは一肌脱ぐとしよう。

「お爺さん、ちょっと失礼」

「ん？」

お爺さんをどかし馬のそばに屈みこむ。割れた蹄が痛々しい。そこへ……

「『治癒《ヒール》』」

治癒《ちゆ》魔法をかけてあげる。これくらいの怪我なら、宝玉がなくても簡単だ。

瞬《またた》く間に蹄は修復され、元通りになった。

「おお!? お嬢ちゃん、治癒術師《ヒーラー》だったのか！」

「ええまあ、そんなところです。これで少しでも乗せてもらうお礼ができたならいいんですけど」

「もちろんだよ、いやー助かった」

『ヒヒン♪』

大喜びのお爺さん、そして馬を見ると私も嬉しくなった。そうそう聖女って本来こうよね。

その後、念のため他の蹄も診《み》ておいた後、また隣国オーソクレースへと出発。心なしか馬の足取りも軽《かろ》やかに見えた。

◆◆◆

ジュリーナが去った後のアルミナ。

「皆の者！　悪女ジュリーナは去った！　長く続いたアルミナの困窮《こんきゅう》、その原因となる膿《うみ》は取り除《のぞ》かれたのだ」

王が高らかに宣言する。おおーっ、と、家臣や兵士たちが調子よく歓声を上げた。

「さて……ではジュリーナに代わり、これより真の聖女を迎《むか》えようと思う」

王の言葉に周囲も拍手《はくしゅ》で応じた。

「皆も知っての通り、本来アルミナを守る宝石の聖女は貴族の役割だ。聖なる力をもって護国に準ずる、王に次ぐ国の要《かなめ》ゆえにな。しかし年々聖女候補となる聖なる魔力の持ち主は数を減らし、先代より貴族に限らず才あるものを国中から集め、教育を施《ほどこ》し、聖女を選び出すこととなったが……」

ジュリーナの前の先代聖女も貴族ではない一般階級の出身だった。孤児であるジュリーナが聖女に任命されるに至ったのも、その流れがあってこそ。

だが何よりジュリーナが聖女に選ばれたのは、その能力の高さゆえだったのだが……

「それは先代たる我が父の、大いなる過《あやま》ちであったといえような。ジュリーナのような、欲望のために不正をする輩《やから》が現れようとは。これからは元通り、聖女の肩書は由緒《ゆいしょ》正しい家柄の者に与えるものとする。そして次なる聖女、ジュリーナに代わる真の聖女はもう決まっている。参れ！」

王の号令に合わせて、彼女は王座の間に現れた。

豪勢なドレスと派手に飾り上げられた巻き髪、そして何より目を引く、指輪やネックレス、髪飾りなど、無数に身につけた『紅の宝玉』をあしらった装飾品。

彼女が歩むにつれ、自然と人々が道を開けた。それを当然と言わんばかりに一瞥《いちべつ》もせず、自信に満ち溢《あふ》れた表情で、彼女は王の前へ辿り着くと、一礼する。

「ハリル・グレース・アモルフィアー。参りましたわ」

丁寧《ていねい》なカーテシー。誰の目にも彼女が高貴な身分であることがわかった。

彼女、ハリルの姿を見た群衆が沸《わ》き立ち始めた。おお、なるほど彼女が、間違いないな、と、ハリルを褒《ほ》め称《たた》える声があちこちから聞こえた。

「うむ、よくぞ来た。あらためて皆《みな》にも紹介しよう、真なる聖女として、アルミナ王国建国期よりアルミナ王家に仕《つか》えるアモルフィアー家より、ハリル・グレース・アモルフィアーを任命することとなった！」

おおーっと声が湧《わ》き、一斉に拍手が響《ひび》き始めた。アモルフィアー家はアルミナ国民なら誰もが名を知る名家であり、その令嬢たるハリルもまた、社交界で知られた存在だったからだ。

「ハリルは家柄もさることながら、聖女選抜試験にてジュリーナに次《つ》ぐ成績を示した才媛《さいえん》。ジュリーナは不正をしていたのだから、本来ならば彼女が聖女となるはずだったのだ。真なる聖女としてこれ以上の適任者はいない。彼女の力によってアルミナはさらなる輝きを得ることとなるであろう！」

王の言葉に拍手がより一層大きくなった。当のハリルはそんな拍手を浴びながら、頬《ほほ》を吊《つ》り上げるようにして笑っていた。

「皆様！　由緒正しきアモルフィアー家であるわたくし、ハリル・グレース・アモルフィアーが聖女になったからには、もう心配いりませんわ！」

　高らかに宣言するハリル、群衆がまた沸き立った。

「ジュリーナ・コランダムという邪悪がこの国に潜《ひそ》み、あまつさえ聖女の肩書を一時でも得てしまったことは、本当に残念なことです。醜い欲が、偽《いつわ》りまみれの力が、聖女の名を穢《けが》しました……あの女は今に己《おの》が罪の重さを、その身をもって知ることとなるでしょう！」

　ジュリーナを罵倒する言葉に、群衆は拍手を送った。

「浅ましく強欲な悪女がこの国に残した傷、穢されてしまった聖女の名も、真の聖女たるハリルが癒します！　ジュリーナという穢れは雪《そそ》がれるのです！　そして『宝石の聖女』ことわたくしハリル・グレース・アモルフィアーと共に、我らがアルミナは至上の輝きを放つこととなるでしょう！」

　ハリルの言葉に乗せられるままに、群衆は大いに沸き立った。

「すごい！　新しい、いや真の聖女様はなんて頼もしいお方なんだ……！」

「思えばジュリーナは我らにこうした言葉をかけたりはしなかった」

「やはり聖女の座だけに目が眩《くら》んだ悪女だったか。アルミナに輝きをもたらす、これこそが聖女様！」

　そんな声も聞こえてくる。それに限らず、ハリルを持ち上げ、ジュリーナを貶《おとし》める声があちこちで上がっていた。

なおジュリーナがこうした宣誓《せんせい》などをやらなかったのは事実だが、それはジュリーナの聖女としての能力があまりに高いがゆえに、王族の権威が揺らぐことを恐れた王がそうした場を設《もう》けなかったからだが、そんなことを気にする者はもはやいない。

「素晴らしい！　聖女ハリルと共に、今にアルミナは以前以上の輝きをこの地に示すこととなるであろう！」

調子づく王と群衆。ハリルはそれを見て、にっこりと微笑《ほほえ》んでいた。


うまくいった。

うまくいった。この上なくうまくいった。本当にうまくいった……‼

王を唆《そそのか》し、家臣たちに情報を流し……宮廷《きゅうてい》魔術師を抱き込んで……あの目障《ざわ》りなジュリーナ・コランダムを、追放してやった！

これが正しいのよ。これが自然なのよ。こうなって当然なのよ！

そもそもがおかしかったの、あの下層民女が選ばれるなんて。あの、汚《けが》らわしくて、醜くて、悪臭がして、低俗で、無礼で、無教養で……

庶民のくせに不相応に聖女の力を宿す、不届き者！　なぜ即座に自害しないのか理解に苦しむわ。ほんっとうに恥知らずなこと！

私も油断していたわ、まさかあんな間抜け面《づら》をしておいて、試験で裏工作をするなんて。それも私が試験官に金を握らせて出した数字の数倍を出させるとは……絶対に体を売ったに違いないわ。下層民はなんて汚い手を使うのかしら、ああおぞましい。

私はそんなことできないわ。だって私は由緒正しきアモルフィアー家の女。何よりもこの身は……

とにかくゴミは捨てられたわ。魔物に喰《く》われるかしら？　野盗に襲われるかしら？　ゴミらしく惨《みじ》めな最期を送ってほしいわね。この私の邪魔をしたのだから！

そうよ。この私……ハリルこそが、真の聖女。

この歓声！　この拍手！　私を讃《たた》える声、ジュリーナとは大違い！

まあ一部は仕込んだサクラだけど……結局それにあっさりと同調するのがこの国の真実。この国はもう私のもの！

王をも凌《しの》ぐアルミナ王国の光として私の名は永遠に輝き続けるの！

そしてゆくゆくは……ゆくゆくは……！

ふふ、ふふふふ、うふふふふふふふっ‼

そう。そうよ。

あの輝きは、私にこそふさわしい！

◆◆◆

馬車に揺られることしばらく。

日が傾《かたむ》き始めた頃、道の途中にある宿屋街に着いた。国を行き来する商人や冒険者の中継地のために発展した街だ。結界の外だが常に傭兵が駐留しているので安心。

今夜はここで一泊し、明朝《みょうちょう》に出発。そうすれば明日にはオーソクレースに着くだろうとのことだった。

「明日も乗せてやるからな、寝坊すんじゃねえぞ」

お爺さんはそう言ってカラカラと笑った。

「ありがとうございます！」

「ところで今晩の宿代はあんのか？　安い宿でよければ払ってやるぞ」

「いえ大丈夫です、そこまでお世話になるわけには……一応アテはあるので！」

「そうか？　そんじゃまた明日な」

「はい！」

お爺さんとは一旦別れた。ただでさえ馬車に乗せてもらっているんだ、宿代まで世話になるわけにはいかない。

アテがあるというのも嘘ではない……私は胸元に手をやる。そして服に隠されていたチェーンを引っ張り、それを外に取り出した。

それは『紅の宝玉』のネックレス。先代聖女様から、聖女たるものいつでも1つは『紅の宝玉』を身につけておくように、と教えられていたのでこれだけは服の下に隠しつつ肌身離さずつけていたのだ。

装飾は質素で、ついている『紅の宝玉』もごく小さなものだが宝石は宝石。これを売ればしばらくの旅銀《りょぎん》にはなるだろう。

こういう宿屋街にはそういう旅銀確保のための売買需要《じゅよう》があるため、そうした取引を受け付けている店がある。そこへ持ち込んでみる予定だ。

「先代聖女様は……まあ許してくれるよね！」

本来はこの『紅の宝玉』で人を助けるべし、という意味の教えだったのだろうけど、まあ私自身も人だ、私を救うために宝玉を使う、なんらおかしいことではないはず。

先代聖女様、今何してるかな。聖女の仕事を私に託《たく》し、国を出ていった先代聖女様。生まれてからず～っと聖女の仕事で国を出たことがないから外の世界への憧《あこが》れがあったそうだ。どこかで幸せにしてくれていればいいんだけど。

その内会えるといいな。そんなことを思いつつ店へと向かった。

だがその途中、突然、

「大変だ～‼」

と大きな声が街に響く。何やらやけに騒がしい。街の人たちもなんだなんだとこぞって家を出て、騒ぎの方へと向かっていく。

私も気になったので、騒ぎの方へと向かった。

◆◆◆

街の入り口の辺り、騒ぎの中心にいたのは馬車と大勢の怪我人《けがにん》だった。身なりからして商人の馬車を護衛していた傭兵だろうか？　妙《みょう》に立派な武具をつけている辺り高級商人の護衛だろうか。かなりの人数がいるが、いずれも怪我で苦しんでいた。

「なんてこった、ひどい怪我だぞ」

「しかもあの紋章は……」

「最近様子がおかしいアルミナの結界の調査に行ったところで襲われたんだそうだ」

「今までそんな強力な魔物なんていなかったのに」

人々が口々に話している。

「治癒術師《ヒーラー》はいないのか？」

「今呼びに行っている、けどこの数じゃ……」

「ポーションも足りるかどうか怪しいぞ」

緊急事態のようだ。実際私の目で見ても傭兵たちの傷は重く、息をするのも辛そうだ。

……聖女の仕事は頼まれてやっていただけ。別に私に先代聖女様みたいな慈《いつく》しみの心はない。

でも、それでも、目の前で苦しんでいる人がいると。

私は思わず、前に進み出ていた。

「この人数だと使い切っちゃうかも……でももう仕方がない！」

覚悟を決め、手にした『紅の宝玉』を握りしめる。そこに宿る魔力を抽出・純化、そして昇華し、自分の中にある聖なる魔力と重ね合わせる。

「『大治療《ラージヒール》』！」

天高く手を掲《かか》げ、大規模な治癒魔法を行使《こうし》。癒しの光が辺り一帯に降り注いだ。

するとみるみる内に怪我人の怪我が塞《ふさ》がっていき、瞬く間に元気を取り戻していった。

「おお⁉」

「すごい治癒魔法だ！」

「あの子、ヒーラーか！」

群衆たちがざわめく。褒められるのは悪い気はしない。

「フフン、ざっとこんなもんよ」

こちとら国ひとつ守っていたのだ、怪我人を治すぐらいどうってことはない。まあ『紅の宝玉』は元から小さかったのもあって消えちゃったけど……旅銀どうしよ、トホホ。

「あ、あんた、ありがとう！　なんとお礼を言ったらいいか……！」

傭兵のリーダーらしきおじさんが感激して私に頭を下げた。

「あ、じゃあその、今夜一晩の宿代でもいただけたら……あはは」

私がお礼をせびろうとした時。

馬車から誰かが降りてきた。

◆◆◆

馬車から降りてきたのは男性だった。私と同じくらいの年齢だろうか？　他の傭兵と同じように鎧を着ているが、なんだか雰囲気があまり傭兵っぽくない。むしろ貴族っぽいというか……

「君が、僕たちの傷を治してくれたのか？」

などと考えていると声を掛けられた。

「あ、はい、そうです」

「本当にありがとう！　君は命の恩人だ！　僕はフェルド、代表して礼を言わせてもらおう」

「ジュリーナと申します」

「ジュリーナか……宿に困っているとのことだったね、ぜひ紹介させてくれ」

よっしゃ！　ひとまず今夜の宿は安心できそうだ。

「よかったら宿で夕食もご一緒にどうかな？　お礼がてら、話をできたら嬉しい」

「あ、ぜひぜひ！」

ついでに食事もいただけそうだ。それでこそ治療した甲斐《かい》があったというもの。ギブ&テイク、実に健全な人間関係。

◆◆◆

で、早速フェルドたちと一緒に宿へと向かい、そのまま食事となったのだが……

「あ、あの、これ……」

私は引いていた。用意された食事に。

……良すぎるのだ。

まず向かった宿が宿屋街の中で一際《ひときわ》大きく綺麗で、宿屋街に似つかわしくないほどゴージャスな宿。そしてその上階のパーティを行うような広い会場を貸し切っての食事会。

並べられた料理も、明らかに貴族とかが食べるようなものだ。私は食べたことはないが王宮で見たことがある。

「さあ遠慮なくどうぞ」

フェルドはにこやかに勧《すす》めてくる。彼以外の傭兵たちはなぜかおらず、全て私のための食事なのだろう。だがさすがに簡単には手を付けられなかった。

「い、いやいや！　ここまで豪勢なの、申し訳ないですよ！」

「謙遜《けんそん》しなくていい、あれほどの規模、あれほどの効力の治癒術を瞬時にかけるなど、相当高位な治癒術師《ヒーラー》とお見受けする。足りないくらいだろう」

「しかし……」

「それに正確には……君は、『宝石術師』だろう？」

「え？」

宝石術師？　聞きなれない言葉だが……なんとなくわかる気もした。

「宝玉に込められた魔力を抽出し、行使できる特別な術師……アルミナ王国ではそれに加え加護の力を持つ女性を聖女とも呼ぶんだとか。極めて高度な技術かつ素質もいる、希少な術師だよ」

なるほど、聖女の仕事の一部である宝玉からの魔力抽出ができる人を、他国ではそう呼ぶのか。フェルドの言う通り、聖女候補として育成されていた子たちの多くは、それができず脱落していった。

「先ほどの治癒魔法、わずかだけど『紅の宝玉』の魔力を感じた、使ってくれたんだろう？」

「そ、その通りです」

すごいなこの人、あんなわずかな宝玉の魔力を感じ取れるとは。熟練の冒険者か、魔術師なんだろうか？

「貴重な宝玉を見ず知らずの僕たちのために使ってくれたんだ、相応のお礼をしなくてはいけないよ。さ、遠慮せずにどうぞ」

「そ、それじゃ失礼して……」

そこまでバレているのなら仕方がない。これ以上遠慮するのは逆に失礼な気もするし、正直食べたさもちょっとあったし……。

私は並べられた料理を一口食べた。

「……っ！　お、おいしいっ」

一口食べるや否《いな》や手が止まらず、どんどん食べ進めてしまう。お肉は柔らかいし、野菜は青臭さがいっさいないすっきりした味わいだしで、私がこれまで食べてきたものとは段違いのおいしさだった。

すっかり遠慮もなくなり、どんどんと食べてしまう。王宮で過ごすのだから、と最低限のテーブルマナーを叩きこまれていなかったらとんだ醜態《しゅうたい》をさらしていただろう。いやそれでも十分はしたないが。

そんな私をフェルドはにこにこしながら眺《なが》めていた。

そういえば彼……何者なんだろう？　いくらお礼と言えど、こんな豪勢な宿に食事をポンと用意できるなんて……

もしかすると貴族とか。いやありうる、たしか他国の貴族は領内の安全を守るのが仕事、傭兵を引き連れて見回りに来た……というのもおかしくはない。そのさなかに魔物に遭遇《そうぐう》して……うん、きっとそうだ。

じゃあ遠慮はいらない。食事も宿も、お言葉に甘えて堪能《たんのう》させてもらうとしよう。

◆◆◆

食事をしつつ、フェルドと会話する。

「君はオーソクレースに向かうんだったね」

「ええ、そのつもりです。定住も考えております」

「なるほど、それはいいね。オーソクレースはいい国だ、僕が保証するよ」

フェルドはにこやかに言い切った。この言い振りからするとフェルドはオーソクレースの貴族なのかもしれない。

「何か伝手《つて》はあるのかな？　知人や親族がいたり？」

「いえそれが、天涯孤独《てんがいこどく》の身でして……まったく身寄りはないのですが、まあなんとかなるかなと……あはは」

あらためて言葉にすると我ながら行き当たりばったりだ。なんのアテもなく単身知らない国へ乗り込もうとは……でもそうするほかない境遇なのだ、突き進むしかない。

「それは大変だね。ふむ……じゃあひとつ提案したいんだけど、僕にオーソクレースを案内させてもらえないかな？」

「え？」

「自慢じゃないが顔が利く方でね、住む場所や仕事も紹介できると思うんだ。君が良ければだけど……」

「ぜひお願いしますっ‼」

渡りに船、願ってもない申し出だ。貴族の紹介ならばきっと間違いないだろう。

……まあアルミナ王国のことを思うと信頼できない気もしてくるが……その時はオーソクレー

スも出て次に向かうだけ。

「あの、でもそこまでしてくださるなんて、なんだか申し訳ないです」

「命の恩人なんだ、当然だよ。でもそうだな……過分と思うなら、後でひとつ、別のお願いを聞いてくれるかな？」

「わかりました、それでお願いします」

過剰なお礼を貰うよりは、過ぎた分を返して対等にした方がいい。フェルドも気を遣《つか》ってこの申し出をしてくれたのだろう。

「もちろん、引き受けるかはその時に決めてくれればいいよ」

そう言って笑うフェルドの顔は、高貴な人のはずだが不思議な親しみやすさがあった。アルミナの王侯貴族はもっと高慢《こうまん》ちきな感じだったが、これが器《うつわ》の違いという奴か。

「あの……失礼かもしれませんけれど、フェルド様って、貴族の方なのでしょうか？」

そろそろ気になってきたので尋《たず》ねてみる。直接身分を尋ねるのは不躾《ぶしつけ》ではあるので恐る恐る……

「そうだね、オーソクレースに着いたら教えるよ。楽しみにしててね」

フェルドはそう言って悪戯《いたずら》っぽく笑った。うーんうまくかわされたな。

これはきっと、希少な宝石術師である私をなんとしてもオーソクレースに連れて行こうとしているに違いない。利用価値の高さはさっき示した通りだし、フェルド自身それで命を救われているのだから当然か。

しかし利用されるとはいえ、相応の対価を与えてくれるなら私に不満はない。アルミナだって対価として庶民並の生活を与えてくれるなら別に良かったのに、追放なんて言い出すから……恩知らずめ。

そう、私は恩知らずが嫌いだ。嫌いになった。フェルドはその真逆、恩に対ししっかりと報《むく》いてくれる人だと思う。

「デザートはどうする？」

「あ、いただきます」

その後、果実のコンポートの飛び上がるような美味《おい》しさに、私は大満足で食事を終えたのだった。

◆◆◆

「ふーっまんぞく……」

食事を堪能した私は、宿屋のベッドにごろんと横になった。このベッドもまた高級品で実にふかふか、横たわっているだけで全ての疲れが癒されていくようだ。

明日はフェルドの馬車に乗せてもらってオーソクレースまで向かうことになった。商人のお爺さんにはその前に挨拶しておこう、あらためてお礼も言いたいし。

しっかし、一回の治癒でここまでの待遇《たいぐう》を貰えるとは。アルミナ王国では国を何年も守り続けても、衣食住の保証だけでろくな見返りはなく、労《ねぎら》いの言葉すらほとんどなかったというのに。

むしろ王宮から出るなとか贅沢するなとか色々と……

ええい、嫌なことを思い出しても意味はない、と首を振る。

その時。

「ん？」

宿屋の窓から、コンコンと小さな音。見れば灯《あか》りでぼんやりと照らされたそこに、何かの影があった。

◆◆◆

「なんだろ……？」

ベッドから起き上がり、窓を少し開けてみる。すると滑《すべ》り込むように入ってきたのは、小さな動物だった。

『キュウ』

リス、に見えたがよく見ると少し違う。耳が大きいし、毛並みはモフモフ。私の両手に収まるサイズだ。

「あらかわいい」

私は思わずそのリス？　を撫《な》でた。嫌がらず、むしろクシクシと私の手に頭を当ててくる仕草もかわいい。今日は夜風がやや強い、屋内の温かさに惹《ひ》かれてやってきたのだろうか？

「……ん？」

ふと気づく。その子の額に光る、宝石に。

これはまさか……カーバンクル。

本で読んだことがある、額に宝石を宿した小さな生き物。本によると伝説と呼ばれる聖獣で、見た人はほとんどいないのだとか……それとこんなところで出会えるなんて。オーソクレースでは案外よくいるのかも？

「それにこれ、『紅の宝玉』？」

カーバンクルの額の宝石は、よく見ると私のよく知る赤い輝きを放っていた。カーバンクルの宝石というのは『紅の宝玉』だったのか。魔力の塊だと思えばたしかに納得だ。

だが少し様子がおかしかった。

『キュゥ……』

そのカーバンクルはどこか元気がない。毛並みがモフモフなのでわかりづらかったが、触れて見ると少し痩《や》せているように思える。

それに額の『紅の宝玉』も、どこか色が濁《にご》っているような……

「ひょっとすると……ちょっとごめんね」

私はカーバンクルの額に触れた。その魔力を分析する。

「……やっぱり、瘴気が混ざってる」

瘴気、魔物が好む悪しき力。たまにあるのだ、『紅の宝玉』の中に瘴気が混ざり、汚染されてしまったものが。カーバンクルがどういう仕組みで額に宝玉を宿すのかは知らないが、この子はその過程で瘴気の侵食を受けてしまったのだろう。

本によればカーバンクルの宝玉は命そのもの。それが悪影響を及ぼしているに違いない。

「ちょっと待ってね」

私は意識を集中させた。『紅の宝玉』の中に混ざっている瘴気の気配……それだけを抽出する。すう、っと、煙のように黒い気配が抜けていく。するとカーバンクルの宝玉が、本来の輝きを取り戻した。

『キュ？　キュ～ッ！』

体が楽になったのか、カーバンクルは嬉しそうな鳴き声を上げた。

「楽になった？　ならよかった」

『キュキュッ』

「え、あ、ちょっと」

カーバンクルはぴょんとジャンプし、私の腕にしがみ付くと、するすると肩まで登ってきた。

『キュ～♪』

人懐《ひとなつ》っこく私の頬にすりすりとつく。うーんかわいい。

『キュッ』

そしてそのまま、私の服のポケットの中に滑り込んだ。ひょこっと顔を出し、なごんでいるようにすら見えた。

「なに、私と一緒にいたいの？」

『キュッ』

「うーんどうしようかな」

すっかり懐かれたみたいだけど、どうしたものか。私は私自身の先行きすら不安定な身だけど

……

でもまあ、なんとかなるか。リス1匹、もといカーバンクル1匹ぐらいなんとかなるでしょ。

「でもカーバンクルって何食べるんだろ？　フェルド、知ってるかな」

『キュ～？』

◆◆◆

ハリル・グレース・アモルフィアーの野望が始まったのは10年ほど前。とある出会いからだった。

ハリルが親に連れられて出席したとあるパーティの会場。他の貴族たちとのやりとりにかまける両親に退屈し、パーティ会場を見渡した時……自分と同じ子供なのに、大勢の大人とやりとりをする、ある少年が目に留まった。

一目惚《ひとめぼ》れだった。あんなに麗《うるわ》しくて、品があって、輝くような異性を見たのは初めてだった。

ハリルは両親から話を聞き、彼が隣国の王子ということも知った。アルミナに比べれば小国とはいえ王族。自分に相応《ふさわ》しい男だ、そう確信した。

ハリルは大人たちを押しのけて彼に近づき、話をした。彼は大人たちとの会話で疲れていたのかあまり元気がなく、口数は多くなかったが、ハリルがお構《かま》いなしに喋《しゃべ》り続けると、一点だけ強く食いついてきた話題があった。宝石の聖女のことだ。

彼は宝石の聖女に憧れを持っている、ということを、ハリルは知った。

ならば。

もし自分が宝石の聖女になれば、彼は自分のもの。

その時にハリルは決めたのだ、宝石の聖女になると。

だが考えてみれば、当然のことかもしれない。アルミナ王国の全てを守る、いわば王をも上回るアルミナの守護神。聖女の称号とそれに伴《ともな》う賞賛、崇拝《すうはい》を私が浴びるのは当然のことだ。ましてアモルフィアー家は……

さらに聖女の肩書と彼を同時に手に入れれば、それは2つの国を手に入れたも同然……なんと素晴らしいことなのだろう。ハリルはそう考えた。

ハリル・グレース・アモルフィアーは聖女となり、王子の心を手に入れる。

彼女の野望は、この時から燻《くすぶ》り始めた。

◆◆◆

アルミナ王国の王宮。

「全てよ！　全て運び出すの！」

ハリルの指示により、大勢の兵士が忙《せわ》しなく動き回る。そこはかつてジュリーナが自室として与えられた部屋だった。

「あの女の物はハンカチの一枚に至るまで全て運び出しなさい」

衣服に本、生活の小物など、ジュリーナが使っていたものが兵士によって運び出されていく。追放された罪人、国を欺《あざむ》いた偽聖女に配慮《はいりょ》する者は誰もいなかった。

「ハリル様、これで全てです」

「あらそう？　思ったより早く済んだわね」

そもそもがそう多くの物が与えられていなかったため、ほどなくジュリーナの私物は全て運び出される。

「手筈《てはず》通り、運び出したものは国民たちの前で焼き払うの。見せしめよ！」

「はっ」

「でも、これだけじゃあアルミナを陥《おとしい》れた強欲女のインパクトが薄いから……そうね、屋敷にわたくしがもう飽きてしまった服と装飾品があるから、それも持ってきて、ジュリーナのものとして焼きなさい！」

「かしこまりました」

貴族であるハリルは金遣いが荒く、一度だけしか身につけていない衣服や装飾品も飽きたと思えば二度と使わない。たとえそのひとつひとつが、庶民が生涯働いても手に入らないような高級品でもだ。

そうした品々がジュリーナのものとして扱われ、国民の前で焼かれる。そうして国民たちはさらにジュリーナへの悪印象を強めていくことだろう。

「うふふふふふ……‼」

ハリルはその光景を想像してほくそ笑んだ。何を隠そう、国民に対し悪女ジュリーナの噂を流したのも、ハリルの裏工作だった。

「こちらの部屋をハリル様がお使いになるのですか？」

使用人の一人が何の気なしに尋ねる。すでに『紅の宝玉』も別の場所へと運ばれたため、あとには最低限の家具だけがある簡素な部屋が残っていた。

「ハアァ？」

その瞬間、ハリルは強い怒気を込め、その使用人を睨《にら》みつけた。

「わたくしが？　あの女の使っていた部屋を使う？　このアモルフィアー家の……正統なる真の聖女が、偽聖女のお下がりの穢れた部屋で暮らせと……本気で言っているの⁉」

「ひっ！　し、し、失礼いたしました！」

「そもそもこんな小さな犬小屋のような部屋、わたくしが使うわけないわ。これからはせいぜいゴミ置き場にでも使用人の部屋にでも使いなさい」

ハリルが自分が使うわけでもないこの部屋を処分させたのは、純粋にジュリーナへの憎悪《ぞうお》のためだった。

「あとそうねえ……ジュリーナが生まれ育った孤児院も焼いてしまいなさい！　汚《けが》らわしい」

「い、いえハリル様、その孤児院はすでに廃院となっております」

「あらそうなの？　つまらないわね、まあいいわ」

ハリルは、徹底してジュリーナを貶めるつもりだった。追放してもその憎悪は収まらず、あらゆる手を使って彼女の名誉と価値を破壊し尽くすのだ。

ジュリーナを死罪ではなく追放にしたのも、ジュリーナになるべく長く苦しみ、悶《もだ》え、後悔し、死んでほしかったから。

ほんの一瞬でも、自分が得るべき聖女の肩書を奪《うば》い去った……それはつまり自分の邪魔をしたということ。わたくしを虚仮《こけ》にし、馬鹿にし、見下したということ。それだけでも十分。

なお、追放したらひょっとしたら生き延びるかも、という考えはハリルにはなかった。温室育ちの彼女にとって外界とは息をするのすら悍《おそ》ましい野蛮な地、そこに放り出された人間が死なない可能性すら考えていなかった。

「ジュリーナは今頃魔物に喰われたかしら？　それとも野盗に辱《はずかし》められているとか？　いずれにせよ、わたくしの邪魔をしたことを魂の底まで悔《く》いることね……うふふふふふふふっ‼」

ジュリーナの末路を想像し、邪悪な笑みを浮かべるハリル。およそ聖女と呼べるような表情ではなかったが、それを指摘できる者は誰もいなかった。

◆◆◆

翌朝。

身だしなみを整えて宿屋を出ると、もうフェルドが待っていた。

「やあ、よく眠れたかな」

「ええ、とてもよく。お待たせしてしまいましたか？」

「いや早起きが習慣でね、朝日を楽しんでいたところだよ」

「ふふ、それはなにより」

キザな言い回しだが、フェルドが言うと妙に様になっている。

『キュー？』

とその時、服のポケットに入っていたカーバンクルが顔を出した。

「ん？　それは……」

「ああこの子、昨晩私の部屋に迷い込んできて、すっかり懐かれてしまったので連れていくことにしたんです」

「ま、まさか……カーバンクル⁉」

「ええ、そのようで。私の祖国ではあまり見なかったんですが、オーソクレースではよくいるんですか？」

私が尋ねると、フェルドは信じられないものを見るような目をした。

「とんでもない！　カーバンクルは伝説上の、幻とさえ呼ばれる生き物だよ。聖なる魔力に満ち、その姿を見るだけで幸運が訪れるのだとか……その子は子供みたいだけど、その額の宝玉、間違いなくカーバンクルだ」

「へー、あなた珍しい子だったのね」

『キュ～』

くりくりと頭を指で撫でる、くすぐったそうに笑った。ま、幻の生き物でもなんでも、ちょっと額が豪華なだけの小動物みたいなものでしょう。

「しかしカーバンクルが人に懐くとは……ジュリーナ、やはりあなたは……」

「え？」

「いや、なんでもない。そういえば、挨拶《あいさつ》に行かなくてはいけない人がいるんじゃなかったか？」

「あ、そうでした！」

出発の前に商人のお爺さんに挨拶に行かなくては。馬車に乗せてもらう約束だったし、放っておいて待ちぼうけなんてくわせては大変だ。

「よければ僕も同行しよう、その方が説明もしやすいだろう」

「ありがとうございます！」

そういうわけで、私たちは商人のお爺さんのもとへ向かった。

◆◆◆

「お爺さん！」

「おお、あんたか」

商人のお爺さんはちょうど馬車の手入れをしているところだった。馬にもエサをあげて、出発するところだったんだろう。

「実は私、こちらの人にオーソクレースを案内してもらうことになって……馬車にも乗せてもらえることになりました、ここまでありがとうございます」

「おーそうか、そりゃなにより……」

お爺さんはフェルドの方を見ると、ぎょっと目を丸くした。

「あ、あんた……⁉」

そんなお爺さんに対しフェルドは口に指を当て、悪戯っぽく笑った。やはり相当高貴な貴族なのだろう。

「フェルド様に案内してもらえるなら安心だな！　お嬢ちゃん、達者でなあ」

『ヒヒンッ』

「ええ、お爺さんもお馬さんもお元気で！」

お爺さんたちと手を振って別れる。オーソクレースの人は優しいなあ、などと思いながら。

◆◆◆

さて、フェルド及び傭兵の面々の馬車に乗せてもらい、オーソクレースへ向かう。

道中の馬車の中で、フェルドたちが大怪我をしていた経緯を聞いた。

「最近、アルミナ王国の結界が弱まっているように感じると、旅商人から報告を受けたんだ。アルミナの結界の効力が薄れるとオーソクレースの魔物にも影響が出る、それで事実確認のため調査に来たんだ」

なるほど、そういうことだったのか。貴族の責務として領内の見回りをしに来たまでは想像してたが、結界が関係していたとは。

「そうしたら結界が想定以上に弱まっていて……詳細を調べようとしたら、強力な魔物とふいに遭遇してしまったんだ。結界本来の聖なる力があればけっして現れないような魔物だった。なんとか討伐には成功したけど僕も兵たちも手ひどい傷を負い、辛くも宿屋街までやってきた、というわけさ」

「なるほど、そんなことが……」

「そこに君がいたのはまさに天の救いとしか言いようがないね、君がいなければどうなっていたか」

「そんな、おおげさですよ」

結界が理由とあらば、フェルドたちが逃げ延びた先に私がいたのもある意味必然といえる。とはいえ、そんな事情も知らないフェルドからすれば、運命的な出会いに思えたことだろう。

「しかしアルミナの結界があそこまで弱まっているとは……アルミナの聖女に何かあったのかもしれないね。何か知っているかい？」

「え？　あ～、ちょっとよくわかんないです、あはは」

「……そうだよね」

なんとなく元聖女ということは伏せておくことにした。アルミナからあらぬ噂がオーソクレースまで流れているかもしれないし、逆に変に持ち上げられすぎても窮屈《きゅうくつ》だ。

「と、ところで、カーバンクルが何を食べるかご存知ですか？　一緒に行くことにしたのはいいんですけど、カーバンクルの世話なんて初めてで」

ちょっと強引に話題を逸《そ》らす。でも気になっているのは確かだった。

「カ、カーバンクルの世話か。僕も当然経験はないよ、経験ある人なんているのかな？　国に戻れば国立図書館に文献があるかもしれないけど……」

「うーん、まあヒマワリの種とかだと思いますけどね」

私が言うと、フェルドは吹き出した。

「ひ、ヒマワリの種……幻の聖獣に……ふふふっ」

「なんで笑うんです？」

「い、いや失敬《しっけい》、君はユニークだね」

そんなにおかしいか？　リスの仲間みたいなものだろう。それにヒマワリの種をくしくしと食べるカーバンクルの姿を想像すると、とてもかわいいじゃないか。

「ヒマワリの種、食べるよねぇ？」

『キュ～』

指でくりくりと額を撫でる。あれ、でも昨晩からご飯欲しがってないけど元気だね？　こっそり何か食べてたんだろうか。

「でもそういえば……一説によると、カーバンクルは聖なる魔力を何よりの糧《かて》にして生きるのだとか。癒しの魔法を使える君のそばにいれば、それだけで十分なのかもしれないね」

「聖なる魔力ですか……そうなの？」

『キュキュ～』

私のもとへやってきたのも、私の魔力を感じ取ってのことなのかもしれない。

まあでも一応、オーソクレースに着いたらヒマワリの種を試してみよう。自信あるもの。

第二章　オーソクレース

Houseki no Seijo

馬車に揺られ続け……やがて。

私たちは、オーソクレースに到着した。

オーソクレースもまた城郭《じょうかく》に覆《おお》われた城郭都市だ。結界がない分、アルミナのそれよりもより堅牢《けんろう》に作ってあるようだ。

「止まれ！」

門番に呼び止められ、馬車が止まる。入国の検問だろう。

「あ、これはフェルド様！　よくぞお帰りくださいました、どうぞ中へ」

だがフェルドが馬車の窓から顔を見せただけで一瞬で通った。うーん、貴族は違うなあ。

馬車は門を抜け、オーソクレースの中へ。

「アルミナに比べれば小さな国だろう、結界があるアルミナと違って基本的に城郭という制限があるからね。でも、活気では負けないつもりだよ」

「ええほんと、賑《にぎ》わってますね」

馬車の窓からのぞくオーソクレースの街並みは、フェルドが言った通り活気に満ちていた。

「交易の要衝にあるアルミナだけど、隣国であるオーソクレースもその恩恵《おんけい》に与《あずか》っているんだ。というより過去にはひとつの同じ国だったんだよ」

「あ、聞いたことがあります！　たしか昔に、結界が理由で……」

「そう、アルミナの結界は維持のための宝玉を節約するため、歴史上何度も小さくなっている。その度《たび》に、結界から外れた国はアルミナという国のくくりから外された。オーソクレースもそのひとつだ。あえて言葉を選ばなければ見捨てられた格好……でもオーソクレースはたくましく国を発展させ、こうしてアルミナに負けないくらいの国を作り上げたんだ」

「へーっ！」

　孤児院で聞いた歴史だが、こうして当のオーソクレースの人から聞くと本にはない力強さを感じた。

「……アルミナから来た君には、失礼な話だったかな？」

「え？　どういう意味ですか？」

「いや、ついアルミナを悪役にするような語り口をしてしまったからね。気分を害したなら申し訳ない」

「いえいえそんな！　正直に言うと私、アルミナ嫌いなんで！」

「ふふっ、そうなんだ、ジュリーナは素直だね」

　貴族様にはちょっと不躾かな？　と思ったが、フェルドの方もあまり畏《かしこ》まった感じがしないので、遠慮はいらないと言われているように感じた。私が肩ひじ張らないようあえて砕《くだ》けた調子で接してくれてるのかもしれないな。

　……あれ？

私、アルミナから来たって言ったっけ……？

まあ、アルミナとオーソクレースを繋《つな》ぐ道沿いの宿屋街にいたんだから想像できる範囲か。

「さてこれからなんだけど、このままオーソクレースを案内してもいいけど、馬車に揺られて疲れただろう。すぐに住むところが決まるとも限らないし、まずは宿に案内しようと思うんだけどどうかな？　もちろん宿泊代は気にしなくていい」

「あ、じゃあそれでお願いします」

助かった、たしかに2日間馬車にずっと揺られたので疲れていたところはあった。商人のお爺さんの馬車は荷台に乗せてもらっていたし。逆にフェルドの馬車はめちゃくちゃ乗り心地よかったけど。

「楽しみだねー」

『キュイッ♪』

カーバンクルの頭をくりくりと撫でる。

とその時ふと気づいた。

「そういえば名前、決めてなかったな……」

『キュ？』

いつまでもカーバンクルと呼ぶのも変な話だ。他にカーバンクルを連れてる人がいたら混乱するだろうし、そろそろ名前を決めておこう。

うーん、でも何かに名前をつけるのって苦手なんだよなあ、経験ないし……そうだ！

「フェルド様、よかったらこの子に名前をつけてあげてくださいな」

「え、僕が？　いいのかい？」

「ぜひぜひ、これも何かのご縁《えん》だと思いますので」

『キュキュー』

フェルドに出会わなければカーバンクルにも会わなかった、合縁奇縁《あいえんきえん》、こういう巡りあわせは大事にするべきだろう。なにやらフェルドはカーバンクルが好きみたいだし。

「あの幻の聖獣、カーバンクルに名前をつけるなんて……ましてその主が……とにかく誇り高い役目だ、ぜひ臨《のぞ》ませてもらおう」

フェルドは考え始める。小動物に名前をつけるだけなのにこんなに真剣に考えてくれるなんて、誠実な人だなあ。考えている姿もなんだか様になっている……

が。

「……イン・クルージョエルナ・サニディーン・アノーソクレースというのはどうかな？」

フェルドは大真面目にそう言った。

「え？」

「え？」

思わず聞き返してしまった。インクル、なんて？

「だ、ダメかな？　これは古代語で『聖なる乙女たるジュリーナの魔力宿すオーソクレースの守護者』という意味で、ぴったりだと思ったんだけど……」

どうやらフェルドは本気らしかった。うーん思わぬ欠点、この貴公子、ネーミングセンスが残念。いい名前にしようと思うあまりの暴走、真面目すぎるのかもしれない。

でもそのおかげで、名前に込められた意味はとても素敵に聞こえた。何より彼が本気で考えてくれた名前だし、無下にはできないだろう。

「ちょっと長いので……そうですね、クル、というのはどうでしょう。本名はそのインクルー……なんとかで、愛称ってことで」

「た、たしかに長すぎたかもな。じゃあ君の言う通りにしようか」

「はい！　よかったねークル、素敵な名前を貰えて」

『キュー』

カーバンクルあらためクル自身は、名前を貰ったことがはたしてわかっているのやら。私の指にすりすりと身を寄せていたのだった。

◆◆◆

やがて馬車が宿へと着いた。これもまた立派なもので、フェルドも「この国一番の宿だ」と胸を張って紹介していた。

「これはフェルド様、ご機嫌麗しゅう」

受付の人がフェルドを見て丁寧な所作《しょさ》で挨拶する。貴族が客を迎えるのに使う御用達《ごようたし》の宿というわけか。

「こちらはジュリーナ、僕の客人だ。最上級のもてなしを頼むよ」

「それはそれは……もちろんです、お任せください」

「よろしくお願いいたします」

　高級な雰囲気にちょっと緊張するが、フェルドが紹介してくれたおかげでなんだか許された気分になる。フェルドの威光を笠にくつろがせてもらおう。

「じゃあジュリーナ、僕は一旦失礼させてもらうよ」

「え？」

「結界の調査のこと、報告しなくちゃいけないからね。他にもいくつか野暮用《やぼよう》を済ませなくちゃならない。でもすぐ戻ってくるから、ここでゆっくり休んでてほしいな」

「そうなのですね、わかりました」

　たしかフェルドは結界の様子を調査しに来て、そこで魔物に襲われたんだった。国を守るのは貴族の仕事、そちらも大事だろう。

　そういうわけで私は一旦フェルドと別れ、宿の部屋へと案内されたのだった。

◆◆◆

「おーふかふか〜」

宿のベッドも大きく、そしてふかふかだ。私は語彙《ごい》がないのでベッドを褒める時ふかふかとしか言えないが、ともあれふかふかベッドは嬉しい。

アルミナにいた頃はごく普通のベッドで、しかも洗濯まで自分でやってたからなあ。使用人たちは王侯貴族に取り入るのを優先し、取り入っても出世に関わらない私への扱いは実に適当なものだった。聖女はいて当たり前、働いて当たり前、というのが国全体の意識だった。

なんならぱっと見は毎日ごろごろ過ごしているように見えるせいか、ごく潰しだのただ飯ぐらいだの陰口を叩かれたことも……ほんっとあの国は空気自体がどうも……

うーん、あんな国のこともうどうでもいいと思いつつ、やっぱりふとした拍子に思い出しちゃうなあ。手持ち無沙汰《ぶさた》なのがよくないのかも。

「そうだ！」

ただフェルドを待つというのも退屈だ、せっかくオーソクレースに来たのだし、散策にでも繰《く》り出そう。

これから住むことになるかもしれない国のことを知っておくというのも大事なことのはず、うんうん。

そうと決まれば善は急げだ。

◆◆◆

受付に挨拶をして宿を出た。

オーソクレースの街並みを眺めて、まず目に飛び込んできたのは町の中心の王城だ。オーソクレースの王族がそこに住んでいるんだろう。アルミナのそれより規模は小さいものの、その分、造形がしっかりとまとまっているように見える。

こういう城郭都市は中央に行くほど魔物から遠く安全なので、王侯貴族ほど中央に近く住んでいる。貴族御用達のこの宿も、かなり町の中心部にあるようだ。周囲の建物もなんだか高級な店が多いような……

「私にはちょっと分不相応かもね」

元聖女とはいえ私は貴族でもなんでもない、今や国に捨てられた1人の人間に過ぎない。

元々孤児なのもあって、こういうハイソサエティーな場所は若干《じゃっかん》居心地の悪さを感じる。

どうせならオーソクレースの普通の暮らしを見てみたい。じゃあ王城と逆方向に行こうかな？

でもあんまり宿屋から離れるのもフェルドと行き違いになったら申し訳ないな……

と考えていた時、ふと一軒の店が目に留まる。

それは宝石店だった。店頭のディスプレイには美しい装飾品の数々が並んでいるが、その色、輝き、見覚えがある。

『紅の宝玉』だ。

「この店なら……場違いじゃないかも」

自慢じゃないが『紅の宝玉』に関しては世界一詳しいのが私。どれどれ、オーソクレースの『紅の宝玉』、見させてもらおうじゃあないか。

そんな偉そうなことを勝手に思いつつ、私の足は自然と宝石店に向かっていた。

そして私はその店で、思わぬ活躍をしてしまうこととなる。

◆◆◆

「わあっ……！」

宝石店はもう一目見るだけで、きらびやかに輝いて見えた。ガラスケースの中にたくさん並べられた宝石と、宝石があしらわれた装飾品の数々。仕事で宝石を見慣れてしまった私でも思わず心動かされる光景だ。

「……いらっしゃいませ」

だが、店員の態度はそんな気持ちに水を差すようなものだった。私の格好をざっと見た後、ややる気なさげに一礼する。私の格好を見て市民と判断し、冷やかしと考えたのだろう。

(冷やかしなのは事実だけど……失礼しちゃうよね)

立地的に貴族御用達の店なのだろうし冷やかしへの態度が雑になるのは無理もないが、失礼なのは変わりない。それに今は冷やかしだが将来ここで装飾品を買う可能性もあったのに、それももうなくなった。

私を見る店員の目は、下働きのように私を見下すアルミナの貴族たちを思い出させ……

（っていけない、嫌なこと忘れるために来たのに！　無視よ無視、アルミナと同じならそれこそ無視よ）

こっちは冷たい扱いには慣れている、無視が一番だ。

（さーて、『紅の宝玉』は私のお眼鏡に適《かな》うかな？）

こっちは『紅の宝玉』に関しては専門家だ。冷たい態度を取られた分、遠慮なく上から目線で批評させてもらおうか。

順番に飾られた商品を眺めていく。ふーん、たしかに悪くない純度と輝きじゃないの。

こっちは大きさの割に不純物多いなとか、こっちは綺麗な光沢をしているな、とか勝手に色々見ていく。とはいえさすがに高級店、そのほとんどがかなりの高水準で……

……ん？

この『紅の宝玉』……まさか……いや、間違いない。

「あの、店員さん」

思わず店員に声をかける。店員は無視しようとしたのか一瞬の逡巡《しゅんじゅん》をしたが、

「いかがなさいましたか？」

とやってきた。

私が指差した『紅の宝玉』、大きさも純度も立派な品だ。よく磨《みが》かれた光沢《こうたく》はとても美しく、そのまま飾っても装飾品にしても相当な値が付くことだろう。それこそ貴族というより王族が購入し、王宮に飾るような逸品《いっぴん》だ。

……それが本物なら、だが。

「これ……偽物ですよね？」

私が指摘すると、店員はぎょっと目を見開いた。

だが、すぐ呆れたように息を吐く。

「お客様……当店の商品は全て専門の鑑定士による鑑定が済んだ品ですよ」

そんなことも知らないのか、という嘲《あざけ》りを隠さない顔だ。腹が立つが今はそれはおいておこう。

たしかにこの『紅の宝玉』、見た目だけならどう見ても本物だ。光沢といい、透《す》き通り方といい文句はない。

だが……そこから発せられる魔力に違和感がある。といっても本来なら高名な魔術師でも感じ取れない違いだろう。だが長い間、たくさんの『紅の宝玉』に触れ続けていた私にはわかる。これは偽物だ。

なにせアルミナ王国にいた頃もこうした偽物は多く混ざっていて、それを見分けるのも私の仕事だったのだから。

それにこの偽物は特に、なんというか……良くない気配がする。放っておいてはまずい、直感がそう告げていた。

「いいえ、発せられる魔力に違和感があります。もう一度、しっかり鑑定をした方がいいと思いますよ」

私は引かなかった、こと『紅の宝玉』に関して嘘はつけない。

ハア、と店員ははっきり呆れのため息でアピールしてくる。

「お客様……ごねて格安で商品を手に入れようという算段でしょうか？　あまり無理をおっしゃるようなら、衛兵を呼ばざるを得ませんが」

ダメだ、取りつくしまもない。貧乏人が難癖をつけているとしか思われていないようだ。どうしよう、ここにある宝石を使って宝石術師であることを証明する？　いやそれじゃ窃盗《せっとう》だし……

私が考えていた時だった。

「ここにいたのか」

聞き覚えのある声がして振り向くと、フェルドが入店してきたところだった。

「フェルド様！　ご用事の方は？」

「君に伝え忘れたことがあってね、慌《あわ》てて戻ってきたんだ。それよりどうしたんだ？　何か揉《も》めているようにも見えたけど……」

「これはこれはフェルド様、ようこそいらっしゃいました。今、こちらのお客様が、わたくしたちの扱う商品が偽物だとおっしゃっておりまして……ほとほと困り果てていたところでございます」

「偽物？」

「ええ、ほとんど一目見ただけで偽物だと……相当優秀なお目をお持ちのようで……」

店員はフェルドに媚《こび》を売りつつ、嫌みったらしく顛末《てんまつ》を語った。

「ふむ……ジュリーナ、確かなのか？」

フェルドは店員に惑《まど》わされず、冷静に私に問いかける。

「ええ、間違いありません。魔力の気配がわずかですが違います、精巧につくられた偽物です」

「ふぇ、フェルド様？　当店の品はいずれも相応の資格を持つ鑑定士の鑑定が済まされておりまして、偽物などあろうはずがございません」

「そうだな……どうしたものか」

フェルドは私のことを宝石術師として信頼してくれているだろうが、貴族御用達の宝石店に偽物があるはずがないというのもまあ真実味がある。判別は私にしかできないわけだし、これでは水掛け論だ。

「すまない、ちょっと手に取ってみていいか？」

「どうぞどうぞ、フェルド様自らお確かめください」

店員にことわってから、フェルドは手の平にハンカチを載《の》せ、それ越しに問題の宝玉を手にとった。自分の手の平の上でじっと宝玉を見るフェルド。

「……この店のオーナーは？　君か？」

「オーナーは主に経営面を担当されております、販売はわたくしめが全責任を持って執《と》り行っております」

「そうか、じゃあ宝石の真贋《しんがん》についても、君が責任を持っているのかな？」

「さようでございます、何を隠そうわたくし自身鑑定士の資格を持っておりまして……まがい物を店頭に置くなど、断じて、断じてありえないことでございます」

店員はフェルドと喋りながら、ねっとりと視線を私に向けてきた。フェルドを盾にして私をなじる目だ。負けじと睨み返す。

「ジュリーナ、確かなんだね？」

店員とバチバチやっていると、フェルドが重ねて確認してきた。

「はい、間違いありません」

私は宝石の聖女として長く国を守ってきた誇りもかけて、強く頷いた。

「わかった、君を信じるよ」

フェルドはそう言うと、宝石を店員に突き出した。

「これは僕、フェルドが買い取る。代金は後で持ってこさせることになるけど、いいかな？」

「おお！　それはもちろんでございます、フェルド様ならなんなりと」

本来ならあんな高価なもの、買うには書類なりなんなり必要なんだろうが、フェルドはその名前で十分保証になるようだ。でもなんで私が偽物だと言った宝石を……

「……それじゃあ」

すると、フェルドは空《あ》いている方の手で懐から何かを取り出した。

それは一振りのナイフだった。おそらく護身用だろう、小さいがしっかりとしたつくりなのが見て取れる。

「フェルド様？」

「何を……」

なぜナイフを取り出したのか訝《いぶか》しむ私と店員を尻目に、フェルドはナイフを掲げ……

手にした『紅の宝玉』目掛け、振り下ろした。

「えっ⁉」

「なっ⁉」

驚く私たちの目の前で、ナイフを受けた宝玉がバカッと2つに割れた。

「これは……！」

それを見たフェルドは目を見開くと、割れた宝玉を店員に突き出す。

「見たまえ、この割れ方を！『紅の宝玉』は魔力の塊だ、今みたいにナイフを突き立てたら表面が削れるか、細かい破片となって砕ける！　こういう風に真っ二つにはけっしてならない！

この割れ方はへき開の性質を持つ普通の鉱石のそれだ」

「なっ……た、たしかに……」

「断面もそうだ、『紅の宝玉』ならばどこで割ろうと真紅のはずだが、内部の色が明らかに薄い！　ジュリーナの言う通り、これは偽物……いやこれは他の宝石とも違う、『紅の宝玉』に似せた魔力を込め、似せた輝きを放つように悪意を持って作られた、贋作だ！」

「あ、う、そ、そんなはずは……！」

フェルドの追及に店員は反論できず、あたふたするばかりだ。

『紅の宝玉』にそんな判別方法があるなんて知らなかった。しかしいくら貴族と言えど、本物ならさぞ高価であろう『紅の宝玉』にナイフを突き立てるなんて……私を信じていなければできなかったはずだ。

しかしその信頼のおかげで、私が難癖《なんくせ》をつけていたわけではないことが証明されて。しかもその上、相当高位の貴族であろうフェルドに、偽物を売りつけたこととなる。いくら気づかなかったとはいえ、もしフェルドから『わかっていて嘘をついたのだろう』と言われれば反論のしようがない（まあフェルドはそんなことしないだろうけど）。

店員の顔からは血の気が引いていき……

「た、大変申し訳ありませんでしたああ‼」

悲鳴のような謝罪をしつつ、私たちに対し深く深く頭を下げたのだった。

◆◆◆

私たちは宝石店を後にした。宝石店の店員はフェルドがいたこともあり、ずっとペコペコしていた、いい気味だ。あらためて私にも謝罪させたし、すっと胸の空《す》く気持ちだった。

「見事な審美眼《しんびがん》だったたね、さすがだ」

「いえいえ、フェルド様の対応あってこそですわ」

　私には偽物だとわかっていたが、それを証明する術《すべ》がなかった。偽物と証明できたのはフェルドが私を信じて、宝玉を割ってみるという手段をとってくれたおかげだ。もし私が間違っていて宝玉が本物だったら、フェルドは大金を払わされた上に大恥をかいただろうに……。

　私のことをそこまで信頼してくれるなんて。自然と、私もその信頼に応《こた》えたいと思い始めていた。

「あの店に関しては任せてほしい。後で部下を派遣し、綿密《めんみつ》な調査をした上で適切な対処をさせてもらうよ」

　フェルドはそう言って微笑んだ。何やら含みのある言い方だが、まあ要はフェルドに任せておけばいいということだろう。

「ただ気になる点はあるね。鑑定士が贋作を見抜けなかったのもそうだが……贋作を流そうとした者がいる方がより問題だ」

「そうですねえ」

　店にあった他の宝玉を在庫も含めて確認させてもらったが、そこにもちらほら偽物が混ざっていた。

　あの偽物の『紅の宝玉』、偽物ではあるが見事な出来だった。宝石の聖女である私でなければまず見抜けないような偽装精度の偽宝玉を作った者がいるということだ。

　店員も態度こそ腹立たしかったが、客を騙して偽物を売りつけようとしていたというより、その偽物に騙された被害者といった形だ。店ぐるみで贋作で儲《もう》けようとしていただけなら、あんな精巧な偽物を用意する必要はないのだから。

「もしあれらが相応の額で貴族などに販売され、その後に偽物と発覚したら……大問題だっただろうね。それを未然に防《ふせ》げたのはジュリーナのおかげだ、ありがとう」

「いえいえそんな、何も考えず思ったことを指摘しただけで……恐縮です」

ともあれ偽物を見抜いたのは結果的に良い結果を招《まね》いたようで、嬉しい限り。フェルドに褒められて悪い気はしなかった。

「ところでフェルド様、私に伝えたいことって?」

フェルドは私に伝え忘れたことがあると言って戻ってきたはずだ。

「そうそう、それなんだけど……イン・クルージョエルナ……もとい、クルのことだ」

「クルですか?」

『キュー?』

「ああ、カーバンクルは幻の生き物だから、あまり人目につくのは考えものだ。盗んだりしようとする輩がいないとは限らないからね。そこを注意しようと思ったんだ」

「あ、そうだったんですね。じゃあクル、ちょっと隠れててね」

『キュ~』

ちょんと指で頭を押すと、クルはポケットの中に引っ込んだ。不思議とクルとは意思疎《そ》通《つう》ができている気がする。

「何度も言うけどカーバンクルは幻の生き物なんだよ?　君がそんなに軽いのが不思議なくらい

だ」

「んーでも、かわいい生き物だなっていうのが先に来ちゃって。今はもう家族みたいなものですしね」

キュッ、と、ポケットの中からクルが返事した。

「ふふっ、そういう軽快なところ、君の美点だね。それじゃあ僕は用事に戻るよ、そう時間はかからないから、宿で待っていてくれると嬉しいな」

「はい、わかりました！」

フェルドは去っていった。

私も言われた通り、宿に戻ることにする。宝石店での一件もフェルドが戻ってこなければどうなっていたかわからないし、これ以上彼に迷惑をかけるのも考え物だ。クルのこともあるし。

少し鬱憤《うっぷん》も晴れたことだし、宿でクルと遊びながら待つことにしよう。

◆◆◆

フェルドは約束通り、わりとすぐに戻ってきてくれた。

用事ってなんだったんですか？　と聞いたが「ちょっとした調べものだよ」としか答えてくれなかった。まあ、貴族には色々あるのだろう。

「それで、これからどこへ？」

「ああ、君が住むところの候補がひとつあってね。紹介したいんだ」

「ぜひお願いします！　でもその、あまり立派なところじゃなくていいですからね？　お家賃も払えるかわかりませんし……」

「宝石術師ならいくらでも仕事はあるさ、君がやりたいかどうかが一番大事だけど」

貴族感覚のフェルドが紹介する住まいというのは少し心配だったが、ひとまず案内してもらおう。

またフェルドと共に馬車に乗って目的地へ。すっかり打ち解けた私たちは、オーソクレースという国を紹介してもらいつつ、談笑をしながら過ごした。

◆◆◆

だが、そうして着いた目的地というのは。

「あの〜フェルド様……ここって……」

「ああ、オーソクレース王城だ」

ほかならぬこの国の中心、王の住まう王城。あの、住まいを紹介するって話でしたよね？

私はそう言ったのだが……

「もちろん、そのつもりだよ。部屋はたくさん余ってることだしね」

いやそういう話ではなく！　慌てる私に対し、フェルドは悪戯っぽく笑って見せた。

「騙すようにして悪かった。でもこの方が余計なプレッシャーもなく、ここまで来てもらえると思ったんだ」

フェルドはそう言って私と正対する。そして優雅《ゆうが》な所作で、一礼。

「あらためて名乗らせてもらおう。フェルド・オーソクレース、この国の第一王子だ」

◆◆◆

フェルド・オーソクレース。

オーソクレースの第一王子……第一王子⁉

「そ、それは、また……すごいですね？」

驚きのあまり、変なことを言ってしまう。それなりに高位の貴族ではないかと思っていたが、まさかそれをすっ飛ばして王子とは！　それも王位継承権を持つであろう第一王子！

そりゃあ紹介される宿も豪華なわけだ。貴族御用達どころか王室御用達だもの。まして宿屋街の宿などは、王族が視察の時に泊まるためだけに建てられた専用の宿だったに違いない。

「ふふっ、いやごめん、そういうつもりじゃなかったんだけど……人を驚かせるのは、思ったより愉快《ゆかい》だね」

「わ、笑いごとじゃないですよこっちは！」

「ごめんごめん。謝罪も含め、落ち着いて話をしなくちゃね。まずは場所を移そうか」

◆◆◆

フェルドに促され通されたのは、またまたまた豪華な一室だった。なんかもう、ここのところ豪華な部屋を見すぎて逆に感覚がマヒしそうだ。高級すぎて違いもよくわからないし。とりあえずベッドはふかふかだろう。

「ここは客室のひとつでね、長期の宿泊にもよく使われているよ。もしこの国に定住してくれるなら君に……っと、それよりも先に話をしようか」

フェルドはそう言うと、あらためて襟《えり》を正す。

「まず、身分を隠していたことだ。これはさっきも言ったけど、君に余計なプレッシャーを与えたくなかった。王族だと明かせばどうしても萎縮《いしゅく》してしまうと思ってね」

「それはまあ、たしかに」

貴族と王族ではやはり大きな差がある。もしフェルドが王族だと知っていたら、道中の馬車での会話を楽しむことも難しかっただろう。

個人的に『王族』に苦手意識もあるし……経験上ね。

「ただ……素性《すじょう》を隠していたのは、お互いさまだとは思わないかい？」

「え？」

含みのあるフェルドの言葉。私は別に素性を隠した覚えは……

……ある。思いっきり。

「君は、アルミナ王国の『宝石の聖女』だろう？」

私が隠していた異名を、フェルドはあっさりと言い放った。

「正直、アルミナ王国の国防の要、どんな宝よりも大事であろう宝石の聖女が、オーソクレース領の宿屋街にいたなんて信じられなかったけど……今までの君の振る舞い、そして僕を救った治癒の力。そして伝説の聖獣カーバンクルを懐かせる魅力……全て君が聖女なら納得がいく」

「え、えーと、その……」

「それで少し、調べさせてもらったんだ。さっき離れた時、部下を使ってアルミナと行き来している商人の何人かに話を聞いてね。君を宿屋街まで乗せたあの人にもね」

「あ、それであの時……！」

なるほど、フェルドの用事とはそのことだったのか。

「気を悪くしたらごめんね、だけど、どうしても知りたかったんだ。さらにいえば君の名前にも覚えがあった」

「名前？」

アルミナでは私は単に聖女とばかり呼ばれ、少なくとも国外に届くほど名前は知られていなかったと思うけど……

「コランダム、という姓だよ。さっき少し書物をあたったら記録があった、コランダム孤児院、アルミナ領内の孤児院だ。経営難で今はもうなくなってしまったそうだけど、たしかそこでは子供たちを家族として扱い、コランダムの姓を与えていたはずだ」

　フェルドの言うことは当たっていた。すごい、そんなことまで調べているなんて。

「他にも少し……伝手があってね。アルミナでの出来事、君が聖女だったこと、調べさせてもらったんだ」

　どうやら相当の確信を持って言っているようだ。これは言い逃れできないだろう。

　まあ遅かれ早かれ、アルミナの聖女が追放されたという話はフェルドの耳に入っていたはず。そうしたら、ちょうどよくオーソクレースに現れた私に疑惑が向くのは当然。それが少し早まっただけだと考えよう。

「……おっしゃる通りです。先日までアルミナ王国でそう呼ばれていました。すみません、隠していて」

「いやいや、さっき言った通り、隠し事はお互いさま。僕のことも許してくれるかい」

「そ、それはもちろん！」

「よかった」

　む、なるほどそういうことか。フェルドが素性を隠していたのは、私の方も素性を隠していたことを気負わせないためでもあったんだ。私から秘密を聞き出しやすくするため、あえて対等の立場を作った、と。

　なんて賢い人なのだと、素直に感服した。アルミナ王とは大違いだ。

　同時に……少し、警戒心が湧いた。ここまで賢く、計算高く、私を導いてきた王子。良い人なのは間違いないだろうが、利用されて捨てられた経験が、どうしても警鐘《けいしょう》を鳴らしてしまう。

「私を宝石の聖女と知って、ここまで連れてきたフェルド様は……私に何か、望みがおありなのでは？」

あえて単刀直入に尋ねてみる。誤魔化すか、あるいは。

フェルドは私の言葉に一瞬意外そうな顔を見せた後……真剣な顔で、頷《うなず》いた。

「……ジュリーナは僕たちの命の恩人だ。それには本当に感謝しているし、恩に報いたいと思っている。それは間違いなく僕の本心だ」

でも、とフェルドは言った。

「同時に僕はこの国の王子で、この国に住む全ての人々のために尽《つ》くしたいと思っている。だから君を……利用しようと思っていたのもまた事実」

利用、か。

「さっきのこともそうだ。命の恩人である君に対し、その素性を疑って根掘り葉掘り調べるなんて……礼を失する行為でしかない。はっきり言って僕は王子として、大した能力は持っていない。せいぜい小賢《こざか》しく動き回るぐらいだ」

王族らしからぬ、卑屈な物言いだ。

フェルドはそう言うと、私に対し深々と頭を下げた。

「あらためてお願いしたい、ジュリーナ、いや宝石の聖女様。この国のために、お力を貸していただきたい。もちろんお礼は……」

「大丈夫ですフェルド様、お顔をお上げください」

フェルドは打算的に、私に利用価値があると思ってオーソクレースまで連れてきた。それもまた事実なんだろう。

だけど、それでいいとも思う。

「王族が国のためを想い、行動するのは当たり前のことです。アルミナ王国という大国をこれまで守ってきた宝石の聖女が目の前にいて、何もしないという方がおかしいでしょう。むしろ私を逃すまいとあれこれ手を尽くしたフェルドは、王族として立派だと私は思います」

「ジュリーナ……」

「それにフェルドは正直でした。私の疑問に対して真摯《しんし》に向き合って、誠実に、包み隠さず自分の考えを教えてくれました。利用、なんて言い方をして、自分を卑下してみせて」

「……お見通しでしたか、お恥ずかしい」

フェルドは誤魔化すようにはにかんだ。その顔は何かかわいいな、とも思えた。

それにもうひとつ、ギブ&テイク、働きに対し相応の報酬、待遇。それは正しい姿だ。フェルドはそこに対し実に誠実に向き合ってくれた。宿を紹介し、食事を世話し、オーソクレースまで馬車に乗せてくれて……宝石店では私を信じ、助けてくれた。

私に聖女としての誇りやら慈悲やらは正直ない、仕事だからやっていただけだ。

でも、そんな私だからこそ。

「フェルド様になら、喜んで協力させていただきます」

今は心から、そう言えた。

「聖女様……ありがとうございます！」

フェルドも心からの笑顔で返してくれた。気持ちのいい関係が作れたようだ。

「ただその、聖女様というのはおやめください！　ジュリーナでいいです」

「そ、そうでしょうか？　しかし……」

「ほらその、お互いさま、でしょう？　私たちの仲ですもの、必要以上に畏《かしこ》まる必要はないと思いますよ」

「……それもそうかもね。じゃあ君も、僕のことはフェルド、と呼んでくれるかな？」

「えっ⁉　いや王子様にそんな……」

「お互いさま、だろう？」

「う、う……」

困る私、それを楽しそうに見るフェルド。私たちはお互い見合って、ぷっと吹き出した。およそ王子と聖女がするような会話の雰囲気じゃなく、それがおかしかった。

「それじゃお言葉に甘えさせてもらいましょうか、フェルド。あらためてこれからよろしくお願いします」

「ああ、こちらこそよろしく、ジュリーナ」

『キュ！』

「おっとごめん、クルもよろしくね」

『キュ～♪』

……こうして私はフェルドと打ち解け合い、あらためてオーソクレースへの定住を決めたのだった。

◆◆◆

お互いに立場を明かし、打ち解け合った私とフェルド。

「ところで、差し支《つか》えなければでいいんだけれど、君が追放された経緯について聞いてもいいかい？　できれば当事者の君から聞きたくてね。正直、君が追放されるような理由があるとはあまり思えないけれど……？」

「あ、それがですね！」

聖女だとバレたことだし、いっそ洗いざらい話してしまおう。ちょうど頭に思い浮かんだのもあり、私は半ば衝動《しょうどう》的に、自分が追放された経緯をフェルドにぶちまけた。

◆◆◆

「な……なんと身勝手かつ、短絡《たんらく》的で不躾なんだ……！」

「そうなんですよ！　ほんとあの王ったら」

「君と少し過ごしただけの僕でも、君が立場にかまけて贅沢三昧なんてするような人間じゃないのはすぐわかる。なのにアルミナ王は……正直、呆れるね」

「そうでしょうそうでしょう！」

私が抱えてきた鬱憤を理解してもらえて、かなり胸の空く気分だった。品は悪いけど、やっぱり愚痴《ぐち》を聞いてもらえるとスッキリする。まあ隣国の第一王子に愚痴を聞いてもらうってある意味では贅沢かもしれないが。

「じゃあ君は、アルミナに戻る気はないんだね？」

「ありません！　むしろ下手《へた》に戻れば今度は殺されちゃいますよ」

「たしかにそうだね、追放というのもほとんど死罪のつもりだったんだろうし……国を守ってきた聖女になんて仕打ちだ」

「まったくです！」

「長い間聖女に国を守ってもらい、それが当たり前になって、感謝を忘れてしまったんだろうね。本来なら王族が率先して儀礼など感謝を忘れないための仕組みを作り上げるべきなんだが……」

あの王族にそんな知恵はない。断言できる。

「しかしジュリーナ、いいのかい？」

「え？　いいって？」

「そういう経緯なら、もう聖女としての仕事に嫌気がさしたとか……」

「ん～まあそういうのもなくはないですけど、使える力を使わないのはもったいないですし、そんなに気にしてないです。オーソクレースに置いてもらえるんですもの、ちゃんとその分は働かないと」

私自身、恩知らずにはなりたくないものね。

「君は軽快だね、ほんと。そう言ってもらえて安心したよ」

フェルドはそう言って笑っていた。

「それで私の仕事は、やっぱり結界ですか？　オーソクレースを守る結界、作れますよ。『紅の宝玉』はいただきますけど」

「いやそれは難しいと思う、『紅の宝玉』をアルミナと奪い合う形になりかねないし、アルミナと違って後進の聖女を育てるノウハウもないからその場しのぎにしかならないしね。アルミナ王と同じことを言うようで癪《しゃく》だけれど、『紅の宝玉』が高価なのもまた事実。アルミナ王都のあるエメリー平原とオーソクレースは事情が違う、無理に結界を維持する必要もないだろう」

「それもそうですね」

フェルドは大局が見えている、さすがだ。

「ではどんな仕事を？」

「基本的には普通の宝石術師として、『紅の宝玉』を使った治癒の仕事かな。あとはオーソクレースにやってくる商人の馬車に魔物除けの加護を与えたりとかね。ま、宝石術師の力が求められるほどの案件はそう多くないと思うから、気楽に構えていいと思うよ」

それを聞いて安心した、そんな仕事だったら私なら朝飯前にこなせる。緻密《ちみつ》な魔力操作を要する結界の維持に比べれば楽々だ。

「ただ……一件、厄介な仕事を頼むことになると思う。場合によってはオーソクレースの存亡にも関わる仕事だ」

おそらく、そちらが本命だろう。

「危険を伴う仕事になるかもしれない。だがもちろん、その対価は……」

「みなまで言わずとも大丈夫ですわ、フェルド。私たちの仲じゃないですか」

「ジュリーナ……それもそうだね、いちいち確認するのも他人行儀だ。君も遠慮せず、欲しいものがあったらなんでも言うんだよ」

「それはもちろん！」

じゃあそういうことなら、ひとつ要求させてもらおうか。

「でしたらその仕事を終えた暁には、『紅の宝玉』のネックレスが欲しいですね。小さいものでいいので」

「お安い御用だ、それはやはり宝石の聖女として？」

「ええ、先代聖女様の教えで、常にひとつは宝玉を身につけよ、と。今はそれがないので、どうも心もとなくて……」

ともすれば（それこそアルミナなら）早速宝石を要求して贅沢ものめ、と言われかねないが、フェルドになら安心して切り出せた。

「わかった、でもそういうことなら仕事の対価ではなく、すぐにでも用意するよ」

「え？　いえでもやはり仕事と対価の関係で……」

「じゃあ前払いとでもしておこうか、もちろん終わった後の報酬は別としてね」

「そ、そこまでいただくわけには」

「君は対価について聞かなかったんだから、どれくらいの対価を用意するかは僕の自由だろう？」

　これはフェルドの方が一枚上手だ。敵わないなあ。

「わかりました、いただきましょう」

　条件を呑み込んだ。ただし私にとって良い条件を。第一王子相手だというのに、まるで友達同士と約束をするような気楽さだった。

「その仕事についてだけど……おっとごめん、先に済まさなきゃいけないことがあるな」

「といいますと？」

「実は視察の報告をまだ正式にはしてないんだ。君と離れた時は簡易的に帰還を伝えただけでね、これから父上に報告に行かなくちゃならない」

　フェルドの父上……つまり国王陛下への報告というわけか。これはたしかに放っておけない用事だ。

「君と話すのが楽しくてね、ついつい時間を忘れてしまったよ」

　こういうことをしれっと言うんだから、この王子様は……悪い気はしないけどね。

が、その次の言葉は、さすがに耳を疑った。

「よければ、君も父上に会ってくれないかい？」

◆◆◆

王宮の屋上。

特別に設けられた舞台の上にハリルは立っていた。本来、この仕事にこういう大袈裟《おおげさ》な仕組みは必要ないのだが、ハリルが命じて用意させた。

舞台の上には山と積まれた『紅の宝玉』。ジュリーナが部屋に蓄《たくわ》えていたものだ。

その周囲を王をはじめとした王国の要人たちが囲み、新聖女の初仕事を見守っていた。

「ハアアアアッ……！」

宝玉に両手をかざしたハリルが精神を集中させる。その手がほのかな光に包まれる。光はだんだんと広がり、ゆっくり、ゆっくりと、積まれた宝玉へと伝わっていく。水が布にしみ込むようなスピードだ。

ハリルの頬を汗が伝う。この時ばかりは彼女も心の底から神経を研《と》ぎ澄《す》ませる。そうしなければ失敗してしまうかもしれないからだ。

王も周囲も、それを固唾《かたず》を飲んで見守った。

数分をかけ、ようやく全ての宝玉が光で覆われた。

「紅の宝玉よ。真なる聖女の光によって目覚め、その内に宿したる聖なる輝きを以《もっ》て、我が国に来るあらゆる邪悪を祓《はら》い清《きよ》めよ……」

ハリルが唱《とな》えたのは伝統的に伝わる口上だ。ただし魔術的な意味はなく、一部にハリル自身のアレンジが加わっている。

「ハアーッ‼」

天高くハリルの手が掲げられると、宝玉は光の塊へと変じ、空へと舞いあがった。そしてそれは王国の空高く爆ぜて、紅の輝きを強く放つ。

ドーム状に広がった結界が一瞬だけ強く輝き、すぐに落ち着く。これで結界に宝玉の力が補充されたのだ。

その場にあった宝玉は全て使われ、舞台の上にはハリルだけが残っていた。

「ふーっ……結界の儀、完了いたしました。ちょっと、汗」

「はっ」

使用人に汗を拭《ぬぐ》わせながらハリルが挨拶する。王たちはそれを拍手で迎えた。

「見事であった！　これで当分アルミナは安泰《あんたい》だ！」

「お褒めに与り光栄です、国王様。しかし申し訳ありません、聖女のお役目は疲労が大きく……戻らせていただいてもよろしいでしょうか」

「おおそうか、そうか。たしかにそうだな、わかった、無理せず休むがよい」

「ありがとうございます、王様。それでは……」

ハリルが去っていく。王はその背を満足そうに見送った。

「素晴らしい集中力であったな、あそこまで汗を流し、あそこまで疲労して」

王の言葉に周囲が頷く。

「そういえばジュリーナの時、最初の役目の際は私も同席したが、もっと淡白《たんぱく》なものであったな」

かつてはこの場でジュリーナが聖女の仕事を行っていた。やることは同じだ、宝玉を使い結界に魔力を供給する。

ただジュリーナの場合、所要時間はハリルよりもはるかに短く、また作業後もけろりとしていた。終わりました王様、とあっさり挨拶され、なにもうか、と驚いたのをアルミナ国王は覚えていた。

その差をアルミナ国王はこう解釈した。

「あ奴め、やはり手を抜いていたに違いない！　ハリルの真剣さに対し、あの力の抜けようはどうだ!?　本当にろくでもない女よ」

ハリルは真剣に仕事に取り組み、ジュリーナは手を抜いていた……周囲も賛同し、王はその解釈をまったく疑わなかった。

「しかも毎度少量の宝玉ばかりを使い、せいぜい一月ばかりの魔力を供給しおって！　ハリルのように大量の宝玉を用いるだけの技術がなかったのであろうな」

宝玉からの魔力抽出には技術が必要だ。人によってその効率は異なり、同じ量の宝玉でもそれによって結界を維持できる長さは聖女の力量に依《よ》る。

「しかし、追放が間に合ってよかった！　あの量の宝玉がジュリーナに奪われる前に、こうして結界に用いることができたのだ。あれだけの量を一度に使う儀式は初めて見たが、ハリルほどの聖女だ、むこう1年は安泰なようにしてくれたのであろう！　これで財政難も解決、万事《ばんじ》よしだ！」

そう言って王は安堵《あんど》のために大笑いし、周囲も同調し、屋上には笑い声が響き渡った。

◆◆◆

……ああ、疲れた！

聖女にはなりたかったけど、この仕事はやっぱり面倒だわ。神経使うし魔力は空になるし……それに私たちだけならともかく、王都の外の平民どもを守るためにあれだけの大きさの結界を維持しているのも納得できないし。それがなきゃもっと楽なはずなのに。

まあいいわ。それも済んだ。

これで、あとひと月は結界はもつ、煩わしい仕事はしなくていいってわけ。

それよりもずっと、ずーっと大事な用事が私にはあるもの……！

待っていてくださいね。

フェルド様！

◆◆◆

【SIDE：フェルド】

国を守るのが王族の責務。その矜持《きょうじ》と共に僕は生きていたし、その矜持を誇りにしていた。

だからこそ……憧れがあった。

アルミナ王国の守護神、宝石の聖女。たった1人で広大な領地に結界を張り、国民を守り続ける女神。

幼い頃に教わったその存在。それは王子として国を守り民を導《みちび》く使命を背負い、その中で生きてきた僕には、あまりにも眩《まぶ》しいものだった。

姿も見たことがない噂だけの存在だが、その在《あ》り方に憧れた。自分にはそんな力はないが、宝石の聖女のように国を守り、民を安心させるような人間になれればと願い、努力してきた。

幾度となく夢想した。聖女様はどんな姿なのだろう。どんな力を持っているのだろう……どんな笑顔で笑うのだろう。

子供が抱《いだ》く憧れは、時に空想によって過度に肥大化し、現実を大きく飛躍してしまう。僕にとっての聖女はまさにそうだったかもしれない。でも、それでも。

宝石の聖女は、僕の憧れだった。

◆◆◆

アルミナの結界が弱まっているという報告を受けて視察に赴《おもむ》き、実際にそれを目にした時は愕《がく》然《ぜん》としたものだ。

聖女に何かあったのか。聖女は無事なのか。恥ずかしながら自分の国のことを一瞬忘れ、それを心配してしまった。

その隙《すき》を突かれたというわけではないが……魔物相手に不覚を取り、撃退はしたものの、自分も護衛たちも大怪我を負ってしまった。己の未熟さを突き付けられた気分だった。

なんとか宿屋街に辿り着いたが、優秀な治癒師《ヒーラー》が見つからなければ死もありえた状況。国を守れず死にゆく自分を恥じ、諦めかけていた。

そこに現れた救世主が、彼女だった。

初めて見た時、その姿が輝いて見えた。それは命の恩人だからだろうか？　正直、自分でもわからない。ただ言えるのは……僕の目に彼女は、とても美しく尊《とうと》いものに見えたという事実。

美しい女性の宝石術師……まさか聖女？　すぐに頭によぎった。しかしアルミナの国防の要たる聖女がこんな場所にいるはずないと、その時は憧れのあまり、よぎった妄想だと振り払った。

食事を共にし、楽しい人だな、と思った。オーソクレースへの案内を申し出たのも純粋にお礼をしたかったから。もし本当に聖女なら……という下心が微塵《みじん》もなかったといえば嘘になるかもしれないけれど。

◆◆◆

ひょっとしたら、と思い始めたのは、やはりカーバンクルを連れていたことだ。

カーバンクル、幻の聖獣。その額に宝玉を宿し、不思議な奇跡の力を持つという。いつの間にかジュリーナが連れていたのは、まだ子供だが、間違いなくその聖獣だった。

カーバンクルが人に懐くなど聞いたことがなかった。もっともそれは、たまたまジュリーナが動物に懐かれる体質だっただけかもしれない。だが幻の獣と戯《たわむ》れるその姿は、僕がジュリーナは聖女ではないかと本気で考え始めるのには十分なものだった。

会話の中でそれとなく情報を探り、ジュリーナがアルミナから来たこと、アルミナからほとんど出たことがないことがわかった。それは王子である自分を知らないという点からも明らかだ。

そしてオーソクレースに着いた後、一旦ジュリーナと別れ、密《ひそ》かに情報収集をした。

疑惑は確信へ。いや、本当は確信に至るほどの情報はなかった。でも僕は……ジュリーナが聖女であってほしい、そう願うあまり現実を歪《ゆが》めて見ていたのかもしれない。

でも、結果的にジュリーナは聖女だった。

それは恥ずべき行いだったと思う。命の恩人に対し、国のために利用してやろうと考え、あれこれ調べ上げて……聖女だとわかって、恩を返す立場でありながら、力を貸してくれと頼み込んだ。

僕は臆病者《おくびょう》だ。臆病だから、情報を集めに集めて、頭で考えて、打算で動くことしかできない。本来王族とは民を導くもの、勇敢《ゆうかん》で、豪胆《ごうたん》で、国の象徴としてどっしり構えなくてはいけないのに。

僕は臆病者だ。1人の人間としてジュリーナに向き合うことが怖くて、王子の立場を鎧《よろい》にして、聖女としての彼女に語り掛けた。

僕は臆病者だ。彼女に拒絶されるかもしれないと思うと、内心震えが止まらなかった。

でも。

そんな僕を、ジュリーナは……受け止めてくれたんだ。

◆◆◆

ジュリーナは僕が憧れていた聖女とは少し違ったかもしれない。人間的で、打算的。無償の愛を分け隔《へだ》てなく与えるというタイプではなかった。

追放された、という事実も、本当は疑ってかかるべきなのだろう。ジュリーナの口から語られたアルミナ国の愚かしさを、全て鵜呑《うの》みにするのは危険。僕はそう考える。考えてしまう。

だが……だからこそ。

聖女としてではなく、1人の人間としてジュリーナを見て思う。優しく、軽やかで、明るい、光のような人だと。この人と話していたい。この人を信じたい、そう、思ってしまう。

それは聖女への憧れゆえなのだろうか、それとも……僕自身もそれはよくわからない。

だが少なくとも、王子と聖女である以前に、1人のフェルドと、1人のジュリーナとして……立場を越え、彼女とわかり合えたことを、僕は心から嬉しく思う。

ああ、ジュリーナ。

君と出会えてよかった。

◆◆◆

「フェルド様、お待たせいたしました」

ジュリーナの声がする。謁見の前に身だしなみを整えてもらっていたところだ。ドレスを選んでもらって、髪も整えて……

そして現れた彼女の姿を見て僕は……その輝きにまた、目を奪われた。

◆◆◆

フェルドの父親に会う、それはつまり、オーソクレース王に謁見《えっけん》するということだ。

正直迷った。聖女としてアルミナでも王城に住んでいたが、アルミナ王と話したことはほとんどなく、せいぜい任命の際に一声かけられただけだ。

貴族でも王族でもない私が王と言葉を交わすなんて畏れ多いと思っていたし、周囲もそう考えていたので、私にそうした上流階級との交流経験はない。

今となっては逆にぶん殴ってやりたいが。

……そうした王族への怒りをオーソクレース王に向けてしまわないか？　という懸念《けねん》もある。

でも結局、私はフェルドの提案を受け、オーソクレース王との謁見に臨むことにした。

今後オーソクレースで世話になるのなら変にコソコソするのも考えもの、ここは堂々と挨拶した方が胸を張ってこの国にいられるだろう。

そうと決まれば早速準備。さすがに王の前に今のまま出るわけにはいかないもの。

◆◆◆

「それじゃあキセノ、ジュリーナのことをよろしく」

「かしこまりました」

メイドに言い残し、フェルドが部屋から出ていく。部屋には私とキセノと呼ばれたメイドが残された。

「あらためまして、キセノと申します。ジュリーナ様のお召《め》し替えを手伝わせていただきます」

挨拶するメイドは私とそう変わらないくらいの年齢に見えるが所作は丁寧で、さすがに王族付きのメイドといった感じ。アルミナでの私の世話は使用人の中でも最底辺の仕事で、実に雑に行われていたのとはえらい違いだ。

「こ、こちらこそよろしくお願いします」

なんだかメイド相手だというのに逆に緊張してしまう。高貴な人に仕える相手もなんだか高貴な感じがするものだ。

「うふふっ、ご心配なく、全てお任せくださいませ。さあ、こちらへ」

そうしてキセノさんに色々整えてもらう。髪をすき、肌を綺麗にし……

その間、キセノさんと話をした。

「キセノさんはいつからメイドをやっているんですか？」

「わたくしは代々オーソクレースに仕える従者の家系でして、幼少期より訓練を受け、10歳の頃から見習いとして働かせていただいております」

「へー、それじゃ若くてもけっこうなベテランなんですね、王子のフェルドに重用されるぐらいですもの」

「とんでもないことでございます、わたくしなどまだまだです。ただフェルド様と年齢が近く、それで扱いやすいと思っていただけているようでございます」

フェルドもまた私と同い年ぐらい。私の世話を彼女に頼んだのも、私が緊張しないようにというフェルドの計らいなのかもしれない。

「キセノさんから見てフェルドってどんな感じなんですか？」

「わたくしから見て、ですか……？　そうですね……非常に聡明《そうめい》で気高《けだか》い、仕えることに誇らしく感じる方でございます」

うーん、メイドさんらしい丁寧な受け答え。できればもう少しキセノさん目線で踏み込んだフェルド評を聞きたかったけど……あんまり根掘り葉掘り聞くのも失礼だよね。

そんなことを思っていたら。

「ただ……聡明すぎるあまり、思い悩むことの多い方でもあります」

ぽつり、と、キセノさんはそんなことを言い出した。

「物事の様々な側面が見えてしまい、また国を負う責任を常に気にしている方です。それゆえ心底から安らぐような時が極めて少ない方でもございます」

「そう、なんですか？」

たしかにフェルドはあれこれ考えるタイプだろう。ただそれはそれとして、話していた感じだとよく笑顔も見せる、けっこう砕けた印象もあったけど……？

「ジュリーナ様は意外に思われるかもしれませんね」

そんな私の疑問を察してか、キセノさんは私を見て微笑んだ。

「ジュリーナ様と話している時のフェルド様は、本当に楽しそうにしていらっしゃいます。あれほど和らいだ雰囲気のフェルド様は、本当に久しいことです」

フェルド、苦労しているんだな。王子ともなるとさすがに大変なのだろう。

きっと、部外者である私だからこそ気楽に接せられるんだと思う。政争とか何も関係のない人間だしね。

「僭越《せんえつ》ながら……ジュリーナ様にはわたくしも感謝しております。フェルド様の笑顔を引き出してくださり、ありがとうございます」

キセノさんは嬉しそうに語ってくれた。主従の関係とはいえいわば幼馴染のような関係、きっと普段からフェルドを心配していたんだろう。

「いえいえ、別にお礼を言われるようなことは何もしてないですって」

ただまあ私としては普通にしているだけなので、お礼を言われてもちょっと困ったり。そんな私を見てキセノさんは優しく微笑んでいた。

「さてジュリーナ様、お召し物を換えさせていただきます。一度ジュリーナ様のお体を採寸させていただき、謁見用のドレスをお渡しいたします」

「あ、はーい」

そう言ってキセノさんが私の服を脱がし始めた時。

『キュキュッ？』

と、ポケットからクルが顔を出した。

「あっごめんクル、うっかりしてた」

服を着替えるなら一旦クルは出さないとね。謁見の時もお留守番《るすばん》かな？

「ジュ、ジュリーナ様、こ、この生き物はまさか……カーバンクル⁉」

クルを見たキセノさんが大げさに驚く。フェルドもそうだったが、クルはよっぽど珍しい動物のようだ。

が、今回はちょっと違ったようで。

『キュ～』

「はあああああっ……！　な、な、なんと愛らしいお目目……ちっちゃなお手手が……ああ、あああ……っ‼」

キセノさんはそれまでの丁寧な所作はどこへやら、はわわわ、と、クルにメロメロになっていた。

「キセノさん、動物好きなんですか？」

「はっ……！　し、失礼いたしました、つい冷静さを……オホン、た、たしかにわたくしはそうした生き物を好みますが……オーソクレースに仕えるメイドとして恥ずべき振る舞いをいたしました。申し訳ありません」

露骨に取り繕《つくろ》うキセノさんだが、目でチラチラとクルを追ってるのを隠せていない。

ちょっとした悪戯心が湧いた私は、クルをポケットからひょいと出して……

「よかったら触ってあげてください」

と、キセノさんに手を出させ、そこにぽんとクルを置いた。

「えっ⁉」

『キュ～？』

驚くキセノさん、クルはそんな彼女の顔を見上げる。初めて見る人の顔が気になるのか首を傾《かし》げていた。

「は、はわわわわわ……！」

そんなクルを見てキセノさんは目をハートにせんばかりの勢いだった。

「じゅ、じゅう、ジュリーナさまあ、こ、この子をどかしてください。わ、わたくしの手の中にいるのは、あ、あまりにも、あまりにも……！」

「はいはい、クルもごめんねー付き合わせて」

『キュ』

限界のようなのでクルを回収する。

「はわあっ……柔らかで……軽くて……ああっ……？」

緊張から解放されたのもあってか、ぺたんとキセノさんはその場に崩れ落ちてしまった。さっきまでの真面目さとのギャップに思わずキュンと来るな、これは。

「はっ！　し、失礼いたしました！　お、お戯れを、ジュリーナ様……こほんっ」

慌てて体勢を整え、模範的メイドへと戻るキセノさん。うーんかわいい。

とはいえこれ以上は準備の邪魔だ、私も自重し、その後は順調に準備を進めていったのだった。

◆◆◆

そして。

「こ、このドレス、大丈夫ですか？　高貴すぎて私には似合わないような……」

「いえいえ、お似合いですよ。さあフェルド様、どうぞ」

ドアが開かれ、準備を終えた私とフェルドが対面する。

◆◆◆

キセノさんが用意したドレスは、まさに貴族が着るような美しいものだった。全体の印象はけっして派手ではないのだが、細部に至るまできめ細《こめ》やかな装飾が施《ほどこ》されており、上品な美しさをかもし出す。

色は全体的に控《ひか》えめに見えたが……

「後ほど、『紅の宝玉』をあしらった装飾品をご用意いたします。きっとそのドレスとよく調和しますよ」

とキセノさんが言った通り、『紅の宝玉』と合わせることを前提とした色使いのようだ。

『紅の宝玉』の装飾品は後でぴったりのを見つけるとフェルドが張り切っていたそうなので、今はとりあえず普通の装飾品を身に着ける。これはこれでまとまりがよく、キセノさんのセンスに脱帽だ。

ドレスは綺麗だけど、私にはちょっと似合わないんじゃないか？　貴族でもなんでもない私には……と不安になっていたが。

◆◆◆

「おお……！」

私を見たフェルドの表情を見て、不安も和らいだ。

「すごく、綺麗だ。似合っているよ、とても」

フェルドには珍しく言葉選びがぎこちないが、キラキラ輝くその目を見れば言いたいことは伝わってくる。

「ふふっ、気に入っていただけたようで何よりです」

フェルドのおかげで私も自信が出てきた。

「それで謁見はいつに？」

「ああ、すぐにでも可能らしい。どうする？」

「そうですね、ちゃちゃっと終わらせちゃいましょうか！」

「ちゃちゃっとか、君らしいね」

しっかりとした服装に着替えたおかげか、精神的にも余裕が出てきたようだ。オーソクレース王の前でもなんでも出てやろうじゃないの。

「それじゃ、行こうか」

「ええ。あ、クルはキセノさんと一緒にお留守番しててね」

『キュ！』

「え、わ、わたくしが、クル様のお世話を⁉」

「はい、戻るまでの間よろしくお願いします」

「は、はわわ……」

かわいいクルとかわいいキセノさんを残し、私たちは謁見の場へと向かった。

◆◆◆

さて謁見。

オーソクレースの王座の間、アルミナのそれよりは一回り小さいその場所。兵士たちが列をなし、家臣たちが集まっているのも同じだが、人数はやはり少し少なく見えた。

まずはフェルドが王の前で報告をする。

「……というわけで、アルミナ王国の結界の弱体化は真実です。その余波はすでに出始めており、例の地の件もあって、対策は必要かと」

「うむ、ご苦労であった」

オーソクレース王は精悍《せいかん》なおじさまといった感じの人だった。フェルドよりもややがっしりとした体格で、いかにも頼もしい感じの王様だ。

「結界の弱体化の余波についてはすぐ宮廷魔術師たちに概算を出させ、それに基づき対応を考える。ひとまずは領内の宿屋街などに衛兵を追加で派遣し防衛を強化せよとの触れも出すとしよう」

フェルドの父親らしく理路整然と指示を出す。いかにも賢王といった感じだ。なんかもうアルミナと比べるのもおこがましい。

オーソクレースは立地的にはけっして恵まれた国ではなく、それゆえに王には資質が求められたんだとか。逆にアルミナは立地的に優れていた分……というわけだ。

「そして陛下、アルミナ王国の結界が弱まった原因についても判明いたしました」

「まことか？」

「ええ、それに関係しまして、こちらの方をご紹介したく、ご足労を願いました」

いよいよだ。フェルドに促され、王の前へ。一礼し、自己紹介をする。

「お初にお目にかかります、ジュリーナ・コランダムと申します」

さあ。言ってしまおう。

「お察しの通り、ほんの少し前までアルミナ王国にて……宝石の聖女として、役目を務《つと》めておりました」

私が正直に打ち明けると、王や謁見の間にいた他の人々はさすがに驚いていているようだった。

◆◆◆

実は謁見の前、フェルドから素性を隠すのも相談されていた。元アルミナの聖女だと公《おおやけ》になれば何かしら私に不都合があるかも、と気遣ってのことだ。

私も少し悩んだが、一切を隠さないことに決めた。だって私には何一つ後ろ暗いところはないんだもの、堂々と胸を張って名乗ればいい。

逆に私の方から聞いてみた、私が素性を隠さなければいずれアルミナまで情報は届くだろう、そうなったらオーソクレースに不都合はないのか？　と。

「あるかもしれないね」

と、フェルドは言った。しかしすぐにこう続けた。

「でも、そんなもの些細《ささい》なことだよ。君がここにいてくれることに比べればね」

僕がオーソクレースの名にかけて君を守ってみせる、とも。

公明正大、正直で誠実。

そんなフェルドの笑顔を、私は信じているのだ。

◆◆◆

私は王様にもことの経緯を話した。

「……なんと、アルミナでそのようなことが……にわかには信じがたいが……」

「アルミナでの聖女追放があったことは複数の証言を集めております。ジュリーナが本物の聖女であることは私が保証いたします。現に、調査の際に不覚をとった私を、ジュリーナは『紅の宝玉』を使い救ってくれました」

「なんと、それはそれは。ふむ、お前が言うのならば事実なのであろうな」

フェルドは王様からの信頼も篤《あつ》いようで、とんとん拍子に話は進んだ。

「ジュリーナよ、息子を救ってくれたこと、私からも礼を言わせてほしい。我らがオーソクレースは、あなたを歓迎するぞ」

「もったいなきお言葉です、陛下」

「そう畏まらなくてもよい、あなたは聖女にして息子の命の恩人。フェルドはやがてこの国を導く男、すなわちオーソクレースという国の恩人といえる。本当にありがとう」

「こ、こちらこそありがとうございますわ」

王に至極《しごく》丁寧に感謝を伝えられ、思わず変な返し方をしてしまった。うう、ちゃちゃっと片付けるなんて言ったが、こうもまっすぐに丁寧に扱われるとかえって緊張してしまう。

そんな私を横目で見て、フェルドは楽しそうにしていた。こいつめ。

「褒美をとらせたいが……フェルド、その様子だと彼女の待遇に関しては、お前が責任を持つつもりだな？」

「ええ、その通りです」

「ではお前に任せよう、恩人に礼を損なうでないぞ」

「もちろんです、陛下」

「彼女へ何を頼むか、それを受けてくれるか否かもお前に任せよう。例の件も含めてな。ジュリーナ嬢、あなたもそれでよろしいかな？」

「ええ、大丈夫ですわ」

『大丈夫』って王様に言っていいんだっけ？　などと考えがよぎる。ともあれフェルドとのやりとりで完結するなら、その方が楽だ。今だってしどろもどろなんだもの。

「ではそのように。フェルドよ、視察ならびに報告、大義であった。ジュリーナ嬢、フェルドを救ってくれてありがとう。この国があなたの第二の故郷となることを願っている」

「ははっ」

「こちらこそ、ありがとうございます」

「下がるがよい」

かくして謁見は終わった。短いが、濃密な時間だった。

ともあれ王様にこの国にいることのお許しをもらえて何より、むしろ、それ以上の待遇で面食らってしまった。国からの厚遇《こうぐう》って慣れてなくて。

……それにしても、『例の件』ってなんのことだろう？

◆◆◆

こうして謁見は無事に終わり、私は正式にオーソクレースに客人として迎えられることとなった。

謁見の後はフェルドが王宮内を案内してくれた。書庫や食堂、庭園などを一通り回り、使用人たちに顔を通しつつ、「宮廷内では好きなように過ごしていいからね」とお墨付きをいただいた。

オーソクレースの宮廷はアルミナの規模よりは劣《おと》るが、その分実利的というか、不必要な飾りがなくてシュッとまとまっているように感じた。

その後、フェルドは仕事があるとかで外へ。私の仕事は、と聞くと、

「今日はもう疲れただろうから、ゆっくり休んで。仕事の話は明日以降にしよう」

とのこと。

お言葉に甘え、私は自室（として与えられた部屋）に戻ることとした。

◆◆◆

部屋でベッドに転がった私は、クルと指でじゃれていた。

「ほれほれ～このこの～」

『キュキュ～♪』

「クルがくるくる～、なんて。うふふ」

『キュ？』

「うん、なんでもない」

私の指にじゃれつき、転がるクルの様子をもふもふの感触と共に楽しんでいると、なんだか疲れも吹き飛ぶような気持ちだ。単にベッドの質が良いだけの可能性もあるが。

「それにしても、昨日と今日だけでいろんなことがあったねえ、クル」

半分ひとりごとのつもりで、クルに話しかける。

「いきなり追放されて、フェルドと出会って……オーソクレースにやってきて、王子だって明かされて……王様に謁見して、オーソクレースに住むことになって。思えば激動の日々よね」

『キュキュッ』

「ん？　ああごめんごめん、もちろんクルと会ったのも大事よ～」

『キュ！』

なんとなくクルの言いたいことはわかる。会ってから1日しか経ってないのに、もう家族みたいな感じだ。

「まあでも、本当によかった！」

ごろりと寝転がり、ばふっとベッドに身を預ける。屋根の下の柔らかい寝床、こんなにありがたいものはない。

「追放されて一文無しだった私が、こんな厚遇にあえるなんてね〜本当にフェルドには感謝しかないなあ」

あんな小さな『紅の宝玉』がこうも化けるなんてね、うしし。そんな意地汚い考えが頭をよぎる。まあそれも、フェルドの優しさと、あと賢さあってのこと。

私もちゃんと応えないと。

「仕事もがんばらなくっちゃ！　うふふっ」

私は前向きな気分に満たされていた。追放された身には見えないことだろう。追放した私がこうしているのをアルミナの連中が知ったら歯噛《が》みして悔《くや》しがるだろう。特に素性を隠すことはしないと決めたし、いずれ私がオーソクレースにいるとの情報がアルミナに届いた時どんな顔をするか楽しみだ。

と、その時。

「ジュリーナ様」

とキセノさんがドアをノックした。はいどうぞ、と部屋に招き入れる。

「失礼いたします。浴場の準備が整いましたので、お呼びに参りました」

キセノさんは一礼してそう言った。浴場……浴場？

ま、まさか⁉

◆◆◆

そうしてキセノさんに案内されたのは。

「お、おお〜っ……！」

大理石で作られた浴場だった。人が5人くらいは入っても余裕がある大きさの浴槽に、湯気が立ち上るお湯が張られていた。

「客人用の浴場でございます。お疲れのジュリーナ様がお体をお癒しになられるようにと、フェルド様の命で準備をさせていただきました」

「すごいですね、こんな立派なお風呂！　本当に入っていいんですか？」

「もちろんです、どうぞご遠慮なく」

体を洗うといえば水浴びが普通、温かいお湯のお風呂に入れるのは貴族くらいだ。実際、昨晩泊まったフェルドら王族御用達の宿でも浴場の設備はなかった。

孤児院時代はもちろん、聖女になってからも（冷遇されてたのもあって）お湯のお風呂なんて入ったことはなかった。

「オーソクレースは水資源が豊富なのです。それゆえに発達した浴場の技術と文化は、アルミナにも他の大国にも劣らないオーソクレースの自慢となっております」

そう言うキセノさんは彼女にしては珍しく自慢げな顔をしていた。母国を誇らしく思っているんだろうなあ。

「それじゃ、遠慮なくいただきましょうか！」

◆◆◆

脱衣場で服を脱ぎ、いざお湯へ。

「……はあ～っ……」

温かいお湯に全身が包まれると、全てが救われるような心地がした。

『キュイッ』

浴槽のそばではクルもお風呂を楽しんでいた。キセノさんがわざわざクル用に用意してくれた、水桶に少しの湯を張った専用のお風呂だ。

「お湯加減いかがでしょうか」

「はい、ばっちりです！　ありがとうございます！」

「どうぞごゆっくりおくつろぎください。何かあればお申し付けを」

そう言って湯船のそばで控えるキセノさん。キセノさんは入浴する気がないのかメイド服を着たままだ。客人用のお風呂なので、メイドが入るわけにはいかないということか。

んーでも、これだけ大きなお風呂に1人は少し寂《さび》しい、というか申し訳なさが湧いてきた。

私1人のためだけにこれだけのお湯は、あまりに贅沢すぎる。

「あのーキセノさん、よかったら一緒に入ってくれませんか？」

「えっ？」

私の提案に、キセノさんは驚いた顔をした。

「なんか、私だけでお風呂入ってると申し訳ない気がして……あはは」

「とんでもございません。こちらはジュリーナ様のために用意したもの、わたくしめのことなどお気になさらずにお楽しみください。気が散るのであれば、外にて待機させていただきます」

「私が入ってほしいんです、1人でこんな大きなお風呂にいると落ち着かなくて。フェルドにも、私が気持ちよく過ごせるように～とか言われてるんじゃないですか？」

「うっ……そ、それは、その通りですが……」

ちょっと意地悪な言い方だが、キセノさんを口説《くど》くには効果てきめんだ。

「それにフェルドなら、後で何か文句言ったりしないですよね？」

「それも、その通りです」

キセノさんは即答した。フェルドとの信頼関係が窺える。

「じゃあいいでしょう、一緒に入りましょうよ！　あ、もちろんキセノさんが嫌じゃなければ、ですが」

「し、しかし……」

「お風呂、気持ちいいですよ！　ねえクル～？」

『キュキュ～』

「……っ」

これが決め手となった。

◆◆◆

かくして私とキセノさんは仲良くお風呂を楽しむことになった。

「はあ～っ、気持ちいいですねえ」

「ええ、とても……」

キセノさんは恐縮しっぱなしだったが、それでもお風呂につかると顔を綻《ほころ》ばせた。うんうん、誘ってよかった。

思えば孤児院にいた頃は仲間と一緒に水浴びなんかはよくしたが、大きくなってから、それもお風呂を誰かと一緒に入るなんて当然初めて。少し緊張もあるが、それよりなんだかわくわくしていた。

裸の付き合い、というやつだ。キセノさんにはこれからもお世話になりそうだし、親睦《しんぼく》を深めるのも悪くないはず。

それから私はキセノさんととりとめのない話をした。裸の付き合いパワーなのかキセノさんも口が緩《ゆる》み、キセノさんはハチミツが好きなこと、小動物好きなのはお家が関係してること、手品を密《ひそ》かな特技にしてることなど色々話してくれた。逆に、私からも好物だったり趣味だったりの話をした。

するとキセノさんが遠慮がちに、こんなことを言い始めた。

「……ジュリーナ様は、不思議なお方です」

「ふしぎ？」

「はい。ジュリーナ様は誰にでも平等な目を向けられているように感じます、フェルド様にも、わたくしめにも……クル様にも」

平等に、か。

たしかに普通は、王子のフェルドとメイドのキセノさんを同様に扱うのはありえないことだろう。というか私だって本当なら王族相手は緊張する。ただフェルドとはああいった経緯で仲良くなったし……いや、仲良くなったからといって、なのかも。

「ジュリーナ様と話していると、大きな器に自分が受け止められるような、落ち着いた気分になります」

「いやいや、そんな大層なものじゃないですよぉ」

こうも褒められてはさすがに照れる。そんなたいした人間じゃないのに。

「私はただ能天気なだけですよ、細かいことを気にする頭がないというか。むしろ、それを受け容《い》れてくれてるフェルドやキセノさんの器が大きいんですよ」

キセノさんは微笑んでいた。うーん、なんだか恥ずかしい。

「えーっと、私って孤児院で育ったんですよね。親に置いてかれたとかで……孤児院には年齢も性格も背景も違ういろんな子がいて、その中で育ったんで、細かいことを気にしなくなったんですよね。気にしてたらキリないんで、あはは」

恥ずかしまぎれに私がそう言うと、キセノさんは驚いていた。

「孤児院で……？」

「あ、言ってませんでしたっけ。まあそんなわけで、えーまあ私は育ちが悪いから、おおざっぱに育ったってだけなんですよ、あはは」

キセノさんは何やら絶句していた。ううん、幼い頃から王族つきのメイドとして育ったキセノさんには、少し俗《ぞく》すぎる話だったかも。アルミナの人たちのように差別するわけはないけど、いきなりこんな話するのはデリカシーがなかったかも……？

「あ、いえその、たいした話じゃないんで、忘れてもらっても……」

ちゃんと考えず動くからこうなるんだーっと反省しつつ私がわたわた弁解していると。

キセノさんは何も言わずに私の方へすーっと近寄ってきて……

ふいに、私にハグをした。

「はえっ？」

虚《きょ》を突かれて間抜けな声が漏れる。

見れば、キセノさんは、涙を流していた。

「ジュリーナ様……ご苦労を、なさったんですね……うっ、うっ」

本気の涙だった。なるほどキセノさん、逆に、孤児だということを重く受け止めすぎたらしい。

私は別に気にしてないのに。

「あ、あの、私は気にしてないんで、本当にたいしたことじゃ……」

「ご安心くださいませ！　わたくしキセノ、これから誠心誠意、ジュリーナ様のお世話をさせていただきますっ‼」

ああ、盛り上がっちゃってる。何を言っても聞きそうにないな。キセノさんって意外に涙もろいんだなあ。

まあでも……私のことを思って本気で泣いてくれるその優しさは、嬉しかった。

「はい。こちらこそ、あらためて、よろしくお願いしますね、キセノさん」

「はいっ‼」

涙声のキセノさんが、なんだか愛《いと》おしかった。

第三章　モース村の事件

私がオーソクレースに来て数日。

しばらくはオーソクレースの都を案内してもらったり、書庫の本をいくつか読ませてもらったりしつつ過ごした。

だが、ついにその日がやってきた。謁見の時にも話に上がった、大きな仕事だ。

大きな仕事の詳細については実は以前にフェルドから聞いていた。

その内容は……


フェルドから説明を受ける。

「オーソクレースの南西に農村がある。知っての通りオーソクレースには結界がなく、魔物の脅威《きょうい》から城郭外にはほとんど人は住んでいないんだけど、その農村は瘴気が特に少ない地域で魔物も滅多に来ない、住民たちの自治で十分暮らしていける場所なんだ」

アルミナなら結界内どこでも人が暮らしていけるが、それがないオーソクレースは色々と苦労があるらしい。我ながら役立っていたんだなあ、結界。

「長年オーソクレースの食を担《にな》う重要な場所だったんだけれど……」

『だった』？　雲行きが怪しくなってきた。

「最近、そこに魔物が出没するようになったんだ。それも強力な魔物が、多数。瘴気もだんだんと濃くなっている、本来ならありえないことだ。今は国から衛兵を手配して守らせているが……なにせ農村は広大だ、人は守れても農作物の全ては守り切れない」

たしかに、魔物は人を襲うだけでなく作物を食い荒らしたりもする。いくら兵士がいてもそれら全てを一日中守り切るなんて不可能だろう。

「魔術師によって魔物除けの結界を張らせようにも、規模が大きすぎて守り切れないんだ。維持も大変だしね」

なるほど、話が見えてきた。

「つまり私が、農村を守る結界を張ってあげればいいんですね！」

「実はそうじゃないんだ」

外した。恥ずかし……。

「もちろんそうしてもらえると助かるんだけど、宝玉を使って結界を維持し続けなきゃならなくなるし、それじゃ根本的な解決にはならない。それより大事なのは原因究明だと思うんだ」

「あ、たしかに」

そもそもなぜ、これまで来なかった魔物が来て、瘴気が流れ込んでいるのか？　そっちの方が重要だ。

「今日までの調査では、これといってはっきりとした原因がわからなかった。もうしばらく調査は続けさせるけど正直望みは薄い。だから君に、聖女の力で瘴気を感じ取り、その出所を辿り、探り当ててもらいたいんだ」

なるほど、話はわかった。

聖女は聖なる魔力を宿す存在だ。その分、悪しき魔力である瘴気に対しては人一倍敏感で、それを感じ取る力は普通の魔術師とは比較にならない。

私が初めてクルと出会った時、その額の宝石に混ざってしまっていた瘴気を感じ取ったように、ね。

「瘴気の気配を辿るということは魔物に遭遇する恐れもある。大変な仕事だが、君にしか頼めないんだ。お願いしてもいいかな……？」

不安げに尋ねるフェルドだが、返事は決まっている。

「もちろん！　このジュリーナにお任せください」

困っている人がいるなら放っておけない……

というわけではないが、『あなたにしかできない』と頼られるのは悪い気はしない。我ながら聖女らしからぬ俗っぽさとは思うが、そういう性分《しょうぶん》なのだ。

ましてフェルドの頼みだ、断る理由はない。誠実なフェルドなら仕事に見合う報酬は必ず貰えるだろうし。

「ありがとう。君は本当に優しい人だ」

フェルドはそう言って私を持ち上げるが、優しいのは彼の方だろう。国の未来、国民の未来を本気で憂《うれ》い、考え、行動できる。そんなフェルドだからこそ私も協力したくなるのだ。

フェルドのため、オーソクレースの人々のため、そして私自身のため。この仕事、完遂《かんすい》してみせる！

聖女としての仕事にここまでやる気が出るのは初めてかもしれない。環境って大事だなあと、しみじみ思った。

◆◆◆

さて、そうと決まれば準備だ。

フェルドは兵士たちの編成と馬車の手配、私は身支度《みじたく》だ。さすがに普段王宮で着ている服は王族の客人としてそれなりにしゃんとした服であり、そのまま出かけるわけにもいかないので、キセノさんにまた新しく服を用意してもらう。

「こちらでいかがでしょう？」

「うん、ばっちり！　さすがですね」

「お褒めに与り光栄です」

キセノさんが持ってきてくれた服は動きやすい布服だった。それでいて色使いや最小限に施された飾りによってか、どこか気品の漂《ただよ》う仕上がりとなっていて、生地《きじ》自体もかなり上質なものだろう。貴族の外出着といった感じだ。

綺麗なドレスもよかったけれど、やっぱり私は庶民なのでこういう動きやすい服の方が性に合っている。なんならこんな高級品でなくてもいいんだが、あまり身だしなみが庶民的すぎると第一王子としての体面もあるフェルドに失礼だろう。甘んじてお高い服、着させてもらうとしよう。

『キュ♪』

ついでにポケットもクルにぴったりのサイズで嬉しそうだ。

「そういえばドレスもそうでしたけど、こういう服にポケットあるのって珍しいですね」

「はい、クル様もお気に召されますよう、そうした服を選ばせていただきました」

うーん、気遣いが行き届いている。キセノさんが小動物好きなのもあるだろうけれど、ここまで気を回せる人は珍しいと思う。きっとそう遠くない内に、クルもキセノさんに懐いてくれるだろう。

その時、ドアがノックされた。

「ジュリーナ、着替えは終わったかい？」

フェルドだ。早いな、フェルドの方の準備はもう終わったのか。

「はい大丈夫ですよ、お入りください」

「では失礼……おお、そういう服もよく似合うね。ドレスも美しかったけれど、君の快活さがよく出ているよ」

「ふふっ、それはどうも」

フェルドは流れるように私を褒めてくれる。社交界で磨いた話術なんだろうけど、私は単純なので褒められて悪い気はしない。

「それにしても早いですね、もうフェルドの方の準備は終わったんですか？」

「あ、いや、実は全然終わってないんだ」

あら？

「ただ、これが届いたからすぐにでも君に渡したくて」

そう言ってフェルドが差し出したのは、どこか荘厳《そうごん》な雰囲気を醸《かも》し出す小さな黒い箱だった。

フェルドが箱を開けると……中にあったのは、『紅の宝玉』のネックレス。

「おお……！」

思わず感嘆《かんたん》の声が漏《も》れる。それはそれは素敵なネックレスだった。

中心の『紅の宝玉』は大きすぎず小さすぎず、宝石として存在感を放ちつつも下品ではない絶妙な大きさ。つるりと綺麗な曲面に仕上がり、宝玉本来の美しい輝きを湛《たた》えている。ドレスはもちろん、今の外出着とも調和しそうだ。

それを支える周囲の装飾は銀、チェーンもごくシンプルなもの。一見簡素だが、よく見ると細かい彫刻《エングレーブ》が施されていて、銀ゆえに光沢と影のコントラストが際立って美しい。かつ、主役たる『紅の宝玉』の輝きを邪魔しない……

豪華すぎても私が気後《おく》れする、質素すぎては無礼になる。そんなフェルドの心遣いが形を成したような逸品だった。

「前払い、ということにしていたね。さあどうぞ、手に取って、つけてみてくれ」

「それでは……遠慮なく」

ゆっくりと手を伸ばし、ネックレスを手に取る。心地よい重さだ。すぐに首へとつける、さらりとキセノさんが後ろに回り補助してくれた。

私の胸元に宝玉の輝きが戻ってきた。うん、やっぱりこの方が落ち着く。宝玉が私を守ってくれているようだ。

「どう、でしょうか」

ただ、これまで宝玉をアイテムとして所持はしていたが、身を飾る装飾品として使ったことはなかった。はたして私に宝玉は似合うのだろうか？　ちょっと恥じらいもありつつフェルドに問いかける。

フェルドはというと……目を見開きながら、両手で口を押さえていた。なに？　そのリアクション。どっち？

訝《いぶか》しんでいると、ようやくフェルドが言葉を絞《しぼ》り出す。

「……聖女様……」

「え？」

「あ、いやその！　すごく、すごく似合ってる。その、宝玉が、君と合わさると……僕の想像よりずっとずっと、綺麗で、美しくて、え、えっと、えっとだね」

珍しくフェルドがしどろもどろだ。普段のクールな顔はどこへやら、子供のように慌てふためめいて……

でもその目だけは、私のドレス姿を見た時と同じように、キラキラ輝いていた。

「ぷぷっ」

そんな彼を見ていると、なんだか悪戯心が湧いてくる。

「ひょっとして絶望的に似合ってないとか？　悲しいです……」

わざと意地悪なことを言ってみる。すると。

「そんなことはないっ‼」

「ひょえっ」

思わぬ勢いで否定されて、さすがに驚いた。

「あ、ご、ごめん。と、とにかく似合っているんだ。ただその……言葉がうまく出なくて……」

そういえば最近そんな状態の人を見たような……ああそうだ、クルを前にしたキセノさんだ。はわわ、しか言えなくなっていた。

「ま、とりあえず大丈夫そうですね？　あらためてありがとうフェルド、素敵なネックレスを贈ってくれて」

「あ、ああ……コホン。喜んでくれて何よりだよ、ジュリーナ」

ようやく落ち着いたフェルドがいつもの貴公子スタイルに戻る。うーん、何がそんなに彼の琴《きん》線《せん》に触れたんだろう？　ひょっとして宝石フェチとか？　まさかね。

「あのフェルド様、そろそろ兵士たちの方に戻らなくてはいけないのでは……」

「あ、そ、そうだった！　ありがとうキセノ、ごめんジュリーナ、また後で！　ネックレス似合ってるよ！」

表面はともかく内心はまだ動揺《どうよう》があったのか、フェルドらしからぬうっかりの指摘を受け、慌ててフェルドは去っていった。

「思わぬ一面でしたね。たしかキセノさんは昔からこのお城で働いてるんですよね、フェルドって普段あんな感じなんですか？」

「いえ、わたくしもああいったご様子のフェルド様は初めて……あ、でも一度だけ……」

「え！　それってどんな時ですか？」

なんだか無性にフェルドのことが気になる。彼のこともっとよく知っておきたい、そんな気分だ。

「……申し訳ありません、フェルド様のご名誉のために、秘密とさせてくださいませ」

キセノさんは微笑みと共にやんわり断った。それもそうか、第一王子のプライバシー、いちメイドが気軽に明かすわけはない。

私も不躾な質問だったと反省、少し暴走気味だったかも。フェルドほどじゃないけど。

「でもちょっと困っちゃったな」

「どうなさいました？」

「いや、私がネックレスが欲しかったのは万一の時に宝玉の魔力を使うためだから、こんな立派なもの貰ったら使えないかもって思っちゃいまして」

「それでしたらご心配なく、きっとフェルド様ならこうおっしゃいます。『あなたにプレゼントする機会が増えて嬉しい』、と」

うわ言いそう。さすがの理解度だ。

でも使いすぎて何度も要求するようになったら、それこそ本当にアルミナで言われたような宝石要求強欲女になっちゃう。ある程度は自重しないとね、軽率に使わないようにしよう。

……その時私は、そう決心したのだが……

◆◆◆

『紅の宝玉』も装備し、準備万端。

フェルドの方の準備も済んだらしいので、いざ問題の農村へと出発だ。

「一緒に来る兵士さんはこれだけなんですか？」

用意された馬車は2つ、片方は私たちが乗るとして、もう片方が兵士のためのものだろう。そのそばに控える兵士は、わずか5人だった。

「ああ、あまり兵士を多くすると移動速度が遅くなるし、食糧の心配も出るからね。少数精鋭で行くことにしたんだ」

なるほどたしかに、特に今回は人がいる村へと向かうわけだから、移動先に迷惑をかけないようにという配慮でもあるのだろう。

「それに君がいれば、魔物に遭遇することもまずないだろうしね」

「ふふん、その通り、信頼してくれていいですからね。万一の時は宝玉もありますし」

フェルドから貰ったネックレスを撫でる、基本的な魔物除けや治癒は宝玉がなくてもできるが、宝玉があれば段違いに有効な魔法が使える。これがあれば百人力だ。

「ああ、もしいざという時……特に君の身が危うくなった時は遠慮なく宝玉を使っていいからね。ネックレスのことは心配しなくていい、もし使い果たしてしまってもすぐ新しいものをプレゼントするよ。むしろ……」

おや？　この流れは……

「そうなった方が、君にプレゼントする機会が増えて嬉しいくらいさ」

「おお～」

「え、どうしたの？」

「あいえ、こちらの話。ありがとう、フェルド」

キセノさんが予想した通りの台詞をちゃんと言ったので思わず歓声を上げてしまった。さすが長く仕えたメイドさん、主のことがよくわかっている。

「もっとも『紅の宝玉』が必要なくらい危険なことにはまずならないだろう。僕もいるし、兵士たちも選《え》りすぐりの精鋭だからね。特にこの……パイロ！」

フェルドが待機する兵士たちに声をかけると、その内の1人が兜《かぶと》を脱いで進み出た。

それは兵士たちの中でも若い兵士だった。すらりとした長身で、一見するとあまり頼もしくは見えない。髪で片目を隠しており、兵士というより傭兵か冒険者といったワイルドさを感じさせた。

「彼はパイロ、この国の騎士団長だ。まだ若いが、実力はオーソクレースでも随一だよ」

「お初にお目にかかります……パイロです」

パイロ、と紹介された彼は小さめの声で挨拶した。緊張してるわけでもなく、単にそういうダウナーな性格なんだろう。わかりづらいがうっすら微笑んでいて、ちゃんと敬意は感じられる。

「結界の視察の時は別件で同行できなかったが、もし彼がいたら魔物に不覚をとることもなかっただろう。でもそうしたら君とは出会えなかったんだから考えものかもね」

フェルドが高く評価する、その腕前は本物だろう。私より少し上くらいの若さなのにたいしたものだ。

しかし、あらためて顔を見ると中性的でなかなか整った顔立ちをしている。だがそれ以上に全体にまとうクールな雰囲気、どこかで見た覚えがあるような……？

「彼はキセノの兄でもあるんだ。似ているだろう？」

「あっ！　たしかにそうですね」

そうだこの雰囲気、メイドのキセノさんそっくりだ。なるほどよく見れば髪色に髪質、目元の感じがそっくり。

「妹ともども、オーソクレース家の皆様に仕えさせていただいております。お見知りおきを」

パイロは丁寧な所作で膝を突き、お辞儀をした。こういうしっかりとした感じもキセノさんとよく似ている。

「キセノと同じく僕とは同年代なのもあって昔からよく話す仲でね、特にパイロは僕の剣のライバルでもあるんだよ」

　王族、特に若い王族は国を守る人間として、魔物と戦う実力も求められるため、幼い頃から剣の腕を叩きこまれるという。フェルドと同年代のパイロはその相手役を長く務めてきたのだろう。

「今では僕もやることが増え、実力差は開いてしまったが……君へのリベンジ、諦めてないからね」

「ええ……俺も楽しみにしていますよ」

　2人はそう言うと、拳をちょんと突き合わせた。

　パイロと話すフェルドはなんだか今まで見たことがない、友達と話すかのような緩んだ雰囲気がある。同性で同年代でライバル、立場を越えた絆のようなものがあるんだろう。

「あ、申し遅れました、私はジュリーナ・コランダムです。えーっと……」

　名乗ろうとして、私は困った。今の私はなんだろう？　オーソクレースの客？　それではなんだか他人行儀だ。フェルドの友人、というのもちょっと違う気がする。

　聖女……というのがやっぱり一番いいと思うけど……

「……宝石術師です！　どうぞよろしく」

　結局無難なところに留めておいた。間違いではないし、オーソクレースではこれが通りがいいだろう。

「ジュリーナ、君は……」

フェルドが何か言おうとしたが、

「フェルド様！　出発前にご報告したいことが」

と、伝令の兵士がやってきて中断される。

「おっと……ごめんジュリーナ、待っててね」

「ええ、いってらっしゃいませ」

多忙なフェルドは伝令の方へ。あとには私とパイロが残された。せっかくなのでこの機会に親睦を深めるとしよう。

「パイロさんは、フェルドととても仲がいいんですね」

「ええ、僭越ながら……剣を交《まじ》えることが多かったからかもしれません。剣の上では、対等ですので」

うーん、男の友情って感じ。性別は置いといても私には友達らしい友達はいなかったからなあ、ちょっと羨《うらや》ましい。

「でも、それを言うなら……ジュリーナ様と一緒にいるフェルド様は、とても楽しそうに見えます」

「え？　そうですか？」

「ええ、特に最近は何かと心労も多かったようで……久々にフェルド様の明るいお顔を拝見できました。あなたのおかげでしょう」

ま、国の問題を解決する手段を得たのだから当然だろう。

「よければこれからも……あの方に、寄り添ってあげてください」

「はい、もちろんです」

王子に仕える兵士として、何より彼のことを考えているんだろう。一見すると無愛想にも見えるダウナーなパイロだが、内面では熱いものを持っているようだ。

あ、そうだ。

ここはひとつ、あれをやって反応を見てみよう。

「パイロさん、ちょっとこちらを見てもらえますか？」

「なんでしょうか」

「ふっふーん♪　クル、おいでー」

『キュ？』

ポケットの中のクルに指で合図し、私の手の平に来るように促す。

ぴょん、とクルが私の手に乗った。

「じゃーん！」

そしてクルをパイロに見せつけた。妹のキセノさんはクルにメロメロだったことだし、よく似た兄妹のパイロもきっと、新鮮なリアクションを見せてくれるに違いない。

「おお……かわいいですね」

だがパイロのリアクションは思ったよりも薄かった。うーん、こっちは徹底してクール系か。

いやよく見ると口角が上がっている……私に挨拶した時より、ほんのわずかにだが上に。やっぱり好きなんだ、小動物。

「好きなんですよね、こういうの……おいしそうで」

「おっ⁉」

『キュ？』

私は慌てて手を引っ込め、クルをポケットに戻した。聞き間違いか？　恐る恐るパイロの顔を見る。パイロは私を見て微笑み……

「ジョークです」

と言った。ジョーク？　ホントに？

「すみません、私のジョークはわかりづらいからやめろと、妹にもよく窘《たしな》められるのですが……好きでして、つい」

どうやら彼なりに私を楽しませようとしてくれたようだ。心臓に悪い。

しかし真面目な顔してしれっとジョークを飛ばすとは……思ったより面白い人なのかもしれない。

そうこうしている内にフェルドも戻ってきた。報告はとりあえず今回の件とは関係のないことだったそうだ。

ともあれ、私たちは馬車に乗り込み、農村へと出発したのだった。

◆◆◆

アルミナ王国の位置するエメリー平原は、建国にはうってつけの場所だった。

周囲の山、湖、川の配置。高低差、風向き。それらの条件により、エメリー平原には様々なものが集まる。水、土、風……

また大陸を行き来する際は必ずそこを通るような立地であるため、人の出入りも多く、商売にも最適。さらには魔力の流れもあって土地は生気に溢《あふ》れている。

全てにおいて優れており、そこに国を置けば繁栄間違いなしと誰もが思っていたことだろう。

事実、歴史上エメリー平原には幾度も国が作られている。

そして、そのことごとくが一つを除いて全て滅び去った。

エメリー平原には、ある致命的な欠点があったのだ。

様々なものが訪れる場所には、他にも色々なものがやってくる。そこには良くないものも含まれる。

その最たるものが瘴気。

瘴気とは邪なる力を含む魔力、様々な要因で発生し、世界中に漂う人間にとって害となる力。

とはいえ世界中どこにでも瘴気があり、ほとんどの場所では気にならないほどに薄く、気づかぬ内に流れていく。

しかし……エメリー平原は、そんな瘴気が集まり、吹き溜まる場所でもあったのだ。

濃度の濃い瘴気は様々な悪影響を引き起こす。土地は穢れて農作物は育たず、水は毒となり、人間を始めとして生物もただでは済まない。

そして何より魔物は瘴気を好む。濃い瘴気の中では魔物は活性化し、平時とは比較にならないほど強くなるのだ。

魔物はそうした瘴気を求め、自然と瘴気の濃い場所へと集まる。そして魔物自身も瘴気を発する。

つまり一度瘴気が濃くなればそこには魔物が集まり、さらに瘴気が濃くなり、さらなる魔物を呼び……瞬く間に人間の立ち入ることのできない地獄絵図と化す。

そうなってしまった土地を『不浄の地』と呼び、大陸の外には極めて大規模かつ高濃度でそれが実現してしまった、『魔界』と呼ばれる場所すらある。

歴史上、エメリー平原には幾度も国が作られ、そして幾度も滅んでいった。エメリー平原の開拓の歴史は、瘴気との戦いの歴史でもあった。

そうした流れに終止符を打ったのが、のちのアルミナ王国である。

現在のオーソクレースがある地、すなわちエメリー平原の近くで栄えたアルミナ王国は、その立地を活《い》かしエメリー平原に都市を築くことを考えた。

アルミナ王国が打ち出した瘴気対策こそが、聖女による結界。聖なる魔力に優れた存在（多くの場合女性である）を選抜し、聖なる力を持つ結界を維持し続けることで、瘴気を防ごうと考えたのだ。

　その効果は大きかった。集合を防がれた瘴気はもはや脅威ではなく、アルミナ王国は立地のよさに助けられ、国も大きくなっていった。

　しばらくの後、結界の内部で宝石が見つかるようになる。紅く輝くそれは魔力の結晶だった。

　それは本来、聖地と呼ばれる特別に瘴気の薄い場所にしか生まれない、自然の魔力の集合体。結界により瘴気を阻《はば》んだことで瘴気の濃度がゼロとなった結果、アルミナ領内のあちこちで紅い魔力結晶が見つかるようになったのだ。

『紅の魔石』と呼ばれたそれを、聖女は己が力とし、結界に組み込んだ。すると結界はそれまで以上に拡大できるようになり、ますますアルミナは発展していった。

　邪なるものを拒む結界により、アルミナはエメリー平原の恩恵を存分に受け、今に至る大国へと育っていった。


　いつしか結界は当たり前のものとなり、その感謝は薄れていった。

　そしてまた結界は覆い隠してしまう。エメリー平原を、アルミナ王国を虎視《こし》眈々《たんたん》と狙う、その邪悪を。

　もしも結界がなくなった時、その地がいかような姿に変ずるのかを……

◆◆◆

　オーソクレース領内かつ農作物を頻繁に運んでいるため道もある程度整備されていて、農村までそう時間はかからなかった。

「おおーここが……」

　広大な小麦畑、流れる川、緑の木々。とても一目では全貌《ぜんぼう》がわからない、王城とはまた違ったスケールの場所だ。

「モース村だ。アルミナの農村と比べれば小さいけれど、それでも立派な村だろう？」

「ですね、私こういうとこ来たの初めてです。自然いっぱいでいいですねー」

　畑以外にも草花や木々が自然のまま残っている部分が多く、都市で育った私にはどれも新鮮だ。

「……でもやっぱり、少しだけ……嫌な気配がしますね」

　本来ならのどかな農村なんだろうが、わずかながら感じる嫌な気配。瘴気だ。それ自体はどこにでも少しはあるものだが……ここは他の場所よりも、濃い。

「やっぱりそうか、それじゃあ早速調査を……」

「お待ちをフェルド様」

「パイロ？　どうした？」

「村の奥の方が騒がしい……何かあったようです」

パイロが耳を澄ませるジェスチャーをして告げる。本当？　私には何も聞こえないけど……

「わかった、君たちはすぐに向かってくれ。僕らも後から追う」

「御意に」

フェルドの命を受け、パイロと、パイロの指示に合わせ残りの兵士が一斉に駆け出していった。特にパイロは風のようなスピードだ。

「パイロは特別五感が優れているんだ、キセノもそうだけどね。さあジュリーナ、僕らも行こう」

「あ、はい」

「舗装《ほそう》されてないからね、足元気をつけて」

フェルドはそう言って私の手を握り、そのままエスコートしてくれた。ちょっと過保護な気もするけど、嬉しかったのでいいか。

◆◆◆

進むにつれて私の耳にも騒ぎが聞こえてくる。人の声、そして、魔物の声と……戦いの音だ。

「ハッ！」

『ゲギャア⁉』

私たちが駆けつけた時には、パイロが魔物を真っ二つに切り捨てているところだった。

『グ、ゲッ……』

木の怪物のような姿をした魔物が崩れて倒れる。辺りには同じように斬られた魔物が何体か転がっていた。どうやら今倒れた魔物が最後のようだ。

「ふうっ……」

パイロが剣を収めた瞬間、わーっと、兵士たちに守られながら遠巻きに眺めていた村人から歓声が上がった。

「パイロ、村人たちは無事か？」

「ええ、駐留中の兵士が守っていてくれましたので。ただ……大地の栄養を貪《むさぼ》る種の魔物でしたので、農作物に被害が。こうしたことは今に始まったことではないようです」

「そうか……人的被害がないのは良いが……やはりことは急を要するな」

そうしていると、村人たちが「あれ、ひょっとして……」とフェルドに気づき始める。

「フェルド様！」

「フェルド様が来てくれたぞ！」

「よかった、これで村も助かるのね！」

フェルドの顔と名はこの農村にも届いているようだ。フェルドも村人たちを安心させようとしたのか、笑顔で手を振った。

「みんな、心配をかけて済まない。この村に起きている異変、僕たちでなんとかしてみせる。もう少しだけ辛抱《しんぼう》していてくれ」

フェルドの言葉に村人が沸き立つ。信頼あってこその反応だろう。

「人気者ですね、さすが」

「ありがたいことにね。彼らの期待を裏切りたくないものだ」

「ふふん、私を連れてきたフェルドの判断が正しかったこと、証明してみせますよ」

2人で話していると、村人の目が私にも向けられていることに気づいた。

「あの女性は……？」

「見たことない方だ……」

「美しい人だな……」

美しい？　私が？　アルミナでは言われたことのない言葉だ。まあ今はフェルドから貰った宝玉のネックレスもつけているしそのおかげだな、きっと。

……でも、ま、少しくらい勘違いして調子乗ってもいいよね？　ふふん。

「お初にお目にかかります、ジュリーナと申します。微力ながら宝石術師としてフェルド様にお力添えをさせていただきます、よしなに」

普段使わないような丁寧な口調で令嬢ぶって挨拶してみた。おお〜っと村人から声が上がって楽しい。貴族にでもなった気分だ。

おっといけない、調子に乗りすぎるとアルミナの王族みたいになってしまう。フェルドの隣にいると身分を勘違いしてしまいそうになる。

私は今、ただのジュリーナ・コランダム。それ以上でもそれ以下でもないのだ。

「じゃあフェルド、調査を始めましょうか」

「ああ、よろしく頼むよ」

大事なのは村を救うこと、私の印象などどうでもいいのだ。早速調査に入るとしよう。

……その時フェルドが何を考えていたのか、私は知る由もなかった。

◆◆◆

それから私たちはしばらく村を歩き回った。兵士はパイロだけ護衛としてついてきて、残りは村人の方を見ることとなった。とはいえパイロは私たちの後ろから見守って歩くので、気分的にはフェルドと2人での散策だが。

あぜ道を通り、木々の間をくぐり、砂利《じゃり》道を踏みしめ……

「どうかな、ジュリーナ？」

「のどかでいい村ですね、小麦畑も緑の絨毯《じゅうたん》のようで美しくて。収穫期にはこれが黄金になるのでしょう？」

「えっとそうじゃなくて……」

「わかってますよ、冗談です」

冗談のひとつも言いたくなろうというものだ。だって。

「……ごめんなさい、全然わかんないです……」

あれほど自信満々だった手前バツが悪く、私は小さな声で言った。

「この村、全体的に瘴気の気配があって……村の端も回りましたけど気配がどこかに続いている感じもなくて……その、ごめんなさい」

瘴気の気配は感じ取れる、感じ取れるのだが、この村は全体がうっすらと瘴気の気配に覆われていて感覚が役に立たない。歩き回って濃いところ・薄いところを探ろうとしたが、どこも満遍《まんべん》なく感じてしまうのだ。

「謝ることじゃないさ、君にとっても初めての仕事だろうからね。僕なんて今のところなんの役にも立ってないし。でもそうか、これは考えないといけないな……」

フェルドが優しくしてくれるのもかえって情《なさ》けない。むむむ、なんとかしなければ。考えろ、考えろ。

「そうだ、魔物の出現した方向を探るというのはどうでしょうか？　そこから瘴気が来ている可能性も……」

「いや、衛兵たちの報告によると魔物の出現に法則性はないらしい、さっきの木の魔物なんて地中から現れたそうだからね」

「うーんなるほど……」

やはり私の頭なんて捻《ひね》っても大した知恵は出ない、聖女の力で貢献《こうけん》しないと。でもどうすれば？　だんだん焦《あせ》ってきた。

『キュー？』

とその時、ふいにクルが顔を出した。

「あらクル、私たちを癒そうと出てきてくれたの？　うりうり～」

『キュキュ～』

まあたまたま顔を出しただけなんだろうけどいいタイミングだ、指でちょいちょいと突いてじゃれる。もふもふの毛並みが心地よい。クルも撫でられるのが好きなので嬉しそうだ。

「……ん？」

『キュ～』

撫でられるクル、その額には小さな『紅の宝玉』。それを見てふと思い出す。私がクルと初めて出会った時、クルの宝玉には瘴気が混ざっていた。

……そうだ、魔力は何も空気中にだけあるものじゃない。物質に混ざることもあるのだ。たとえば石に混ざった場合、『紅の宝玉』のような魔力の塊とまでは行かずとも、魔石と呼ばれるものになる。

そして瘴気は魔力の一種……

「もしかして！」

私はすぐさましゃがみ込み、足元の小石のひとつを拾い上げる。ここに瘴気が……！

「……違う」

違った。うーん、ひらめいたと思ったんだけど。

「石？　石がどうかしたのかい」

「いえ、これだけ村中から瘴気を感じるなら、石に瘴気が混ざってしまったんじゃないかと思って……空振りでしたけどね」

「石……か」

私の外れインスピレーションを聞いたフェルドだが、なぜか考える仕草を見せる。

「……それ、当たりかもしれないよ」

◆◆◆

フェルドに促されてやってきたのは、村を流れる川だった。流れは穏やかだが幅はそこそこ大きい。

本で学んだことだけど、農業は水が命、村のそばに川があるというより川のそばに村を作るそうだ。作物を育てる水になるのもそうだが、小麦を曳《ひ》いて粉にするための水車小屋の動力になったりと、その重要度は大きい。

この村も川から水を引き、小麦畑に張り巡らせているようだ。

「フェルド、水を疑ってるんですか？　でもこの水から瘴気の気配はあまりしませんよ」

村全体から瘴気がするので、当然村全体にある小麦畑や、小麦を育てる水は調べたが、特に問題はなかった。

というより、そうした部分はオーソクレースの魔術師が真っ先に調べたらしい。もし水が悪いなら農作物全てが危険なわけだから当然か。

「ああ、問題は川そのものというより……」

フェルドは川のそばに歩み寄ると、おもむろに屈みこみ、何かを拾い上げる。振り返って私に見せたそれは、一見するとなんの変哲《へんてつ》もない小石に見えた。

さらにもう片方の手でナイフを取り出す。あ、なんかデジャブ。

「んっ」

カツンと石を突き、石を割るフェルド。

「これを調べてみてくれ」

「え？　わ、わかりました」

村の石はさっき調べたんだけどな、と思いつつ、フェルドが言うなら何かあるんだろうと考え、フェルドの手に載った石に自分の手を重ねる。

意識を集中し、魔力を感じ取る……この魔力は？

「……あ！　感じます！　ほんの少しですが、この石、村で感じた瘴気よりも濃い瘴気を感じます！」

やっぱりそうか、とフェルドが頷いた。

「君に石が怪しいと言われてピンと来たんだ。石は普通動かないし、どこからかやってくることもないが、唯一石が遠くから何度も運ばれてくる場所がある。それがこの川だ」

「じゃ、じゃあこの村の瘴気は……」

「ああ、川が運んでくる石が原因のようだ。それが小麦畑のための用水路によって村の中にも運ばれ、村全体に広がってしまったんだろう」

私は水を調べはしたが、水に気を取られるあまり水路の中にまで思考がいかなかった。そうか、水の中には石があるんだ。

それでも割ってみて断面を出し、それで初めて私が感じることができるほどの差だ。フェルドが言わなければ気づくことはなかっただろう。

「フェルドすごい、私そこまで考えつきませんでした！」

「いや僕も君にヒントを貰わなきゃわからなかったよ、瘴気は風に運ばれるイメージが強かったからね……君の手柄だ」

「謙虚《けんきょ》なんですから」

「お互い様だろう」

解決の糸口が見つかったのもあり、私はフェルドと笑いあった。

◆◆◆

こうして方針は決まり、私たちは川を上流へと遡《さかのぼ》っていくことになった。

念のため兵士たちはパイロを除いて村に留まらせ、馬車一台に私とフェルド、パイロが乗り、川沿いを上流へと進んでいく。

途中馬車を止め、川の石を確かめてみる。

「どうかな？」

「……わずかですが、瘴気の気配が強くなっています。やっぱりこの川の石が原因みたいです」

上流に行くにつれ、石から感じる瘴気が強くなっていく。やはり上流に何かがある。

確信と共に私たちは進んだ。

◆◆◆

「馬車で来れるのはここまでか……」

フェルドが川の先を見上げて言う。遡っていった結果、川は山へと行き当たった。そこまで傾《けい》斜《しゃ》の激しい山ではないが、それでも川沿いを進もうとすると馬車で進める道ではなさそうだ。

「どうする？　ジュリーナ、一旦戻ろうか？　川を遡ればいいのだから君は村で待っていても……」

「ここまで来たんですもの、一緒に行きますよ！　それに私がいないと魔物に襲われるかもしれないでしょう？」

フェルド、そしてパイロがいかに実力者といえど、人里離れた山は魔物の巣窟《そうくつ》だ。まして瘴気の気配を追っているのだから、どんな危険があるかわからない。魔物除けができる私がいた方が安全だろう。３人分くらいの魔物除けの加護なら宝玉を使わずとも使えるし。

「フェルド、今さら遠慮はなしですよ！　私たちの仲でしょう？」

「……ふふっ、それもそうか。お願いしてもいいかな？」

「ええ、もちろん！」

王子様に対し「私たちの仲でしょ」なんて、普通なら許されない物言いだろう。だが私たちならなんの気遣いもいらないのだ。

「……フェルド様、嬉しそうですね」

そんな私たちを見守っていたパイロがそう言って微笑んだ。

「そ、そうかな？」

とフェルドが照れる。幼馴染のようなパイロに言われると、さすがに照れるようだ。

「と、とにかく、この先にモース村の危機の原因がある、気を引き締めていこう、パイロも頼んだぞ」

「ええ……お任せあれ」

「いざ、出発！」

不謹慎《ふきんしん》だとは思いつつも、なんだか冒険の気分になってきた。

私が勝手に指揮を執《と》り、私たちは山へと突入していくのだった。

◆◆◆

……なお、長い間聖女として結界の維持（≒引きこもり）生活をしていた私が山道を長く歩けるはずはなく……

「も、申し訳ありません、パイロさん……」

「お気になさらず……」

あっさりダウンした私は、パイロさんに背負われていくこととなってしまった。

「お恥ずかしい……ご迷惑をおかけします」

「いえいえ……とてもお軽いですよ、何も乗せていないようだ」

「そ、それはさすがに冗談でしょう?」

「はい、冗談です」

「まったく!」

申し訳ないけれど、パイロのわかりにくい冗談を笑いつつ、広い背中に身を預けるのは楽ではあった。

「……なあパイロ、やっぱり僕が」

「フェルド様では身長が足りないでしょう……?」

「そ、そうだが……」

フェルドは何やら焦ったような顔をしていたが。彼のことだ、また気を遣っているのだろう。でも第一王子にそんなことさせるわけにもいかない、パイロは兵士だし、私を背負うのも一応そこまでおかしなことではない……はずだ。

お荷物になった分、この後しっかり活躍してやる。そう決意しつつパイロの背にしがみ付く私。

そうして、私たちは山道を進んでいった。

◆◆◆

川を遡るようにして山登りをすることしばらく……私たちが辿り着いたのは、洞窟《どうくつ》だった。

山の中にぽっかり口を開けた大きな洞窟、川はその中へと続いている。幸い川沿いを歩ける部分はあるものの中は暗く、山道とはまた違った危険な気配が漂う。

そして何より……

「この中、瘴気が濃くなっています……魔物がいるかもしれません」

瘴気を発する石をモース村まで流す川、その発生源はこの洞窟で間違いなさそうだ。

「フェルド様、どうしますか？　崩落の危険なども考慮《こうりょ》しなければいけません。まず私が乗り込み、安全を確かめてからでも……」

「いや、やめた方がいい。もし瘴気溜まりにうっかり入ったりしたら、いくら熟練の君でも命を落とす。こうした洞窟の調査は魔術師を帯同するのが鉄則だ」

「それならここに優秀な術師がいますよ！　瘴気を調べるのも魔物除けもお任せあれ！」

「そうだね、その通りだ」

山に入る前に「遠慮はなし」と言ったからか、フェルドは私の申し出に素直に頷いてくれた。

「崩落の危険もなくはないけれど……見たところかなり昔からある洞窟のようだし、岩肌の種類からしても少人数なら大丈夫そうだ。僕はこの国を守る責任があるし、パイロはこの国で一番の実力者。ジュリーナの力は言わずもがな。この３人で調査するのが最適解かもしれないね」

「ですよね！」

王子に騎士団長に聖女、錚々《そうそう》たる面子《めんつ》だ。おっと私は元聖女かな？

ともあれ、指揮をとるリーダー、王国一の実力者、治癒と加護ができる術師。大人数は洞窟に乗り込めないなら、これ以上の人選はないだろう。

なんだか冒険者パーティにでもなった気分だ。わくわくしてきた。

かくして私たち一行は、洞窟探検へと乗り込むのだった。

◆◆◆

大きな洞窟だった。薄暗く、じめっとした感じがして、ピチョピチョと川に水が滴《したた》り落ちる音だけがよく響く。

フェルドが言うには「長い年月をかけ、水が土を削り続けることでできた洞窟だろう」とのことだった。そういう風にできる洞窟を、かしょく洞窟？　と言うのだとか。

フェルドは物知りですね、と褒めると、「本で読んだだけだよ、地面や石については興味あってね」とはにかんだ。宝石店での一件も思い出す、フェルドは石が好きなんだなあ。男の子だからだろうか？


洞窟では私もパイロの背から降りて歩いた。幸い道は広いし平坦で、パイロの背で休んだのもあり普通に歩ける。私を背負ったままではパイロも咄嗟《とっさ》に動きづらく、かえって危険だろうし。

先頭から、フェルド、私、パイロの順に並んで歩く。リーダーのフェルドが前を行き、パイロは後ろから全体を見て警戒。２人に挟まれ守られながら、私は瘴気除けと魔物除けの結界で周囲を包み込みつつ歩く。

また、明かりに関しても私が魔法で作った。『照光《ライト》』、光の玉を頭上へと打ち上げる、初歩的な魔法だ。魔法の訓練でもよく使われるが、こういう時の明かりとしても役立つ。

私に宿る力は聖の魔力、癒しの力。つまり広義では私も魔術師だ。攻撃魔法とは相性が悪いので使えないが、こういった初歩的な魔法なら問題なく使える。

一応、火をつけたりもできる。マッチ以下の火力を、大量の魔力を使って出すことになるけど。

「分かれ道……ジュリーナ、どちらへ？」

「……左へ」

瘴気の強い方へ強い方へと向かっていく。ここまで来たらもう川の石だけでなく、洞窟自体の瘴気を感じる。進むほど瘴気は強くなり……そして明らかに、瘴気の発生源がある。

川も続いている。はたしてこの先に何が待つのだろうか。

「瘴気がさらに強く……お2人とも、私から離れないように」

人体を明確に害するほど瘴気が強くなってきた。私はネックレスへと手を添える。『紅の宝玉』の魔力、一部を抽出し、結界へと注ぎ込む。結界がわずかに赤い輝きを帯びた。

「おお……！」

そんな結界を見上げ、フェルドはなぜか感嘆の声を漏らした。

「フェルド？　どうしました？」

「ああいや、聖女の結界が構築される瞬間を初めて見たからね。思わず感動して……」

「そんなたいしたものじゃないですけどねえ」

私からすれば、かつては日常的にやっていた仕事だ。それもこの数百倍以上の規模で。見た目としても結界が赤くなるだけだし、そんな大したものだろうか。

「おっとごめん、今はそんな場合じゃなかったね。ジュリーナ、その宝玉で結界はどれくらい維持できる？」

「その点は心配いりません、このくらいの結界なら、この洞窟で10年暮らすことになっても余裕ですよ」

『紅の宝玉』の魔力を無駄なく純化、昇華していけば、洞窟探検の間小さな結界を張り続けるくらい簡単だ。ネックレスの心配もいらないだろう。

「本当に……君はすごいよ、ジュリーナ。たとえアルミナの人がどう思おうと……僕はやはり、君のことを……」

「え？」

「いやごめん、これも今話すことじゃなかった。先を行こうか」

なんだかフェルドの様子がおかしいが、後ろのパイロさんから、

「ご心配なく、王子にはよくあることです」

と囁《ささや》かれ、まあそういうものかとひとまず納得。ただでさえフェルドは頭がよく、人一倍色々と考える人だし。

「……でも、おかしいね」

「え？　何がですか？」

「魔物だよ。強い瘴気が溜まった洞窟なのに、ここまで1体も見ていない。いくら魔物除けの結界があるとはいえ、結界の外に見ることすらないのは不自然だ」

「言われてみれば、たしかに」

洞窟はそれなりに大きく、私の魔法の光によって照らされる範囲も広いが、魔物を見かけてすらいない。瘴気が濃ければ魔物が多いというのが定説だというのに。

「この洞窟だけ局所的に瘴気が濃いから魔物も気づいていないのか……あるいは……」

「魔物が寄り付かないほど恐ろしいものがこの先にあるか……でしょうね」

フェルドの仮説に、パイロさんがおっかない仮説を重ねた。でもありえない話じゃない。

「十分に注意して進もう。足元にも気をつけてね」

「は、はい！」

警戒しつつ、私たちは先へと向かった。

◆◆◆

そしてすぐに私たちは、目を疑うような光景を目撃することとなる。

◆◆◆

洞窟を進み辿り着いたのは、開けた空間。

そこに足を踏み入れた途端、私たちは自らの目を疑った。

「なっ……」

「こ、これは!?」

目に飛び込んできたのは、洞窟の中とは思えないような目もくらむような輝き。

青色に輝く空間が広がっていた。

洞窟のあちこちから、青色の結晶……おそらくは宝石が生《は》えていたのだ。それらが私の光の魔法を反射し、洞窟全体をキラキラと青く輝かせる。まるで宝石箱の中に入ったかのような光景だった。

瘴気に満ちた洞窟の奥に、こんな神秘的な光景があるなんて。

「これはまさか……『蒼の魔石』か!?」

フェルドが驚愕の声を上げた。『蒼の魔石』、聞いたことのない単語だ。

「あおのませき？　知らない言葉です、響きからして『紅の宝玉』と関係が？」

「ああ、アルミナにいた君は知らなくて当然かもね。その通り、『蒼の魔石』は『紅の宝玉』と同じく魔力が集まってできる石だ。というより、『紅の宝玉』の変種がこの『蒼の魔石』といえるね」

「変種？」

変な石、ということだろうか。

「『紅の宝玉』ができる際、不純物が混ざったりして魔力のバランスが崩れることがあるんだ。魔力はデリケートだからそれだけで性質がまったく変わってしまう、元は同じものなのに、こうして赤ではなく美しい青の輝きを持った宝石になるんだ」

「へ～、これが元は『紅の宝玉』だったんですか」

興味を持った私は近くの『蒼の魔石』に手を伸ばした。青色をしたその宝石、『紅の宝玉』とは正反対の存在に見えるが、元は同じものだったなんておもしろ……

「おっと、触らない方がいいよ」

私の手をフェルドがそっと押さえた。

「え、なんでですか？」

「見せた方が早いね」

私に代わってフェルドが『蒼の魔石』へと手を伸ばす。そしてフェルドの手が石に触れた瞬間。

ビシッ、と音を立てて魔石にいきなりヒビが走り、まるで爆発するかのように砕け散った。

「え！　ば、爆発した？」

「『蒼の魔石』はとても不安定な物質で、少しの刺激で魔力を放出してしまうんだ。なにせ『蒼の魔石』に含まれる魔力というのは、破壊の魔力だからね」

「破壊の魔力……？」

「『紅の宝玉』の真逆だと考えればわかりやすいかな、瘴気を防ぎ、傷を癒す『紅の宝玉』は自然魔力、言い換えると生命の力を持っている。一方の『蒼の魔石』は生命を壊す力、いわゆる攻撃魔法と同じエネルギーの塊なんだ。荒々しい攻撃魔力は自然魔力と比べて不安定になるんだよね」

つまり……

『紅の宝玉』は癒しの力を持つ安定した魔力を宿し。

『蒼の魔石』は攻撃の力を持つ不安定な魔力を宿す、と。

表裏一体、存在は近しいが見た目も性質もまるで真逆。そうした不思議な関係を持つのが、紅と蒼、それぞれの石ということか。

「それにしても、こんなものが存在するなんて知りませんでした」

聖女として『紅の宝玉』に長く触れ、人一倍詳しいつもりだったが、表裏を成すこんな石があったなんて。ちょっと悔しいような気もする。

「無理もないさ、結界で瘴気を遠ざけ、純粋な自然魔力が満ちているアルミナでは『蒼の魔石』は基本的にできないだろうしね。むしろ君が『蒼の魔石』を知らないことは君の能力の証明になると思うよ」

そんな私の気持ちを見越してかフェルドがフォローしてくれた。彼が言うならそう考えておこう。

「と、いうより……」

その時ふと、フェルドが声のトーンを落とした。

「本来なら『蒼の魔石』はその不安定さから、大きくなる途中で人知れず魔力を放出して消えていくはずだ」

「あ、なるほど。こう、トランプタワーを立てていくみたいなものですもんね、ちょっとの揺れでわーってなっちゃいそうで」

「ああ、愉快なたとえだけどイメージしやすいね。そう、大きなトランプタワーを立てるのが難しいように、『蒼の魔石』を人が観測できることは珍しい。それも……ここまでの規模と大きさは異例も異例だ」

たしかに……あらためてこの空間に目を向ける。

あちこちにきらきら輝く『蒼の魔石』、青く輝く神秘的な空間。

中には腰ぐらいの大きさの結晶もある。さっき、フェルドが触れただけで『蒼の魔石』のひとつが爆発したことを考えると、その異常さがわかる気がする。

「これは僕の推測だけど、この洞窟は今、濃い瘴気で満ちている。瘴気も魔力だ、それによって抑えつけられるようにして、ここまで大きくなるほど『蒼の魔石』が成長したんだろう。逆に君のそばでは瘴気がないから、『蒼の魔石』が不安定になってしまっているんだろうね」

青く輝く美しい光景は、悪しき瘴気があったからこそ出来上がったというわけだ。なんだか皮肉な話。

「……あれ？」

と考えた時、ふと疑問が湧いた。

「でもそれ、おかしくないですか？　『蒼の魔石』を作る魔力自体は『紅の宝玉』と同じなら、瘴気がいっぱいの場所にできるのは変な気が」

『紅の宝玉』によって瘴気除けの結界ができるように、『紅の宝玉』を構成する自然の魔力……つまり生命の魔力は瘴気とは真逆の性質だ。

本来、瘴気が濃いなら自然魔力は少なく、逆に自然魔力が多ければ瘴気は少ないはずだ。こんな瘴気が濃い場所に『紅の宝玉』ができることはない。それならば『蒼の魔石』だってできないはず。

「そうだね、その通りだ。この状況が成り立つには、何かがないと起こりえない。瘴気を押しのけるほど大量で強い自然魔力が溢れるような何かが……」

「その何か、というのは……」

「まだわからない、とにかく異常事態なのは確かだ。それに瘴気が混ざった石の問題については『蒼の魔石』とはまた別だ、その関係性も調べる必要がある」

「う、うーん？　なんだか難しくなってきましたね」

「とにかく先へ進まなきゃならない、まだ奥があるみたいだからね」

私たちの調査の目的はあくまでモース村の瘴気の原因探し。今、もっとも怪しいであろう川にあった瘴気混じりの石の発生源を探っているところだ。『蒼の魔石』は瘴気とはまた別件、調査の目的とは関係ない。

「ここを通って先へ進もう。『蒼の魔石』がここにある理由もその先で……」

フェルドがそこまで言った時だった。

ズシン。

洞窟を揺るがすように……重い音が、奥の暗闇から響いた。

何か、来る。

◆◆◆

青い輝きに包まれた洞窟……その奥の暗闇から。

重く、洞窟を震わせて、姿を現したのは。

巨大な、ドラゴンだった。

「ドラゴンだと⁉」

「……ジュリーナ様、お下がりください」

フェルドとパイロがすぐさま戦闘態勢に入り、私は慌てて彼らの後ろに下がった。

先代聖女様に読んでもらった本を思い出す。

ドラゴン、それはこの世界で最強とも呼ばれる種族。強靭《きょうじん》な翼、頑強な鱗《うろこ》、不死身とも称《しょう》される生命力。種類によっては何百年もの時を生き、人間以上の知性を持つ竜もいるのだとか。

もしもドラゴンが人間に敵意を向けた時、その危険度は魔物の比ではない。1匹のドラゴンに国ひとつ滅ぼされた、という話も、単なるおとぎ話ではないのだ。

だが同時にドラゴンはとても珍しい生き物でもある。まさかこんなところでドラゴンと出くわすなんて、誰も想像できなかっただろう。

『グ……グゴゴ……』

私たちの前に現れたドラゴン、その口から鈍い呻《うめ》きのようなものが響く。種によっては人語を話すものもいるというが……

見上げるほどの巨体、その全身は岩のような鱗で覆われている。そして私たちを見る眼は……凶暴さに満ちていた。

『ゴガァ〜〜〜〜ッ！！！』

ドラゴンが咆哮《ほうこう》を上げる。轟音《ごうおん》の響きが私たちの肌を撫でた。

「どうやら話せる相手じゃなさそうだ……！　ジュリーナ、もっと後ろへ！」

「わ、わかりました！　そうだ、戦うなら……！」

私はネックレスの宝玉を握りしめ、魔力を集中させた。

「『祝福《ブレッシング》』！」

フェルドとパイロの２人が淡い赤の光に包まれる。『紅の宝玉』の力で強化した加護だ、強い瘴気にも耐えられる。

「これでお２人は結界から離れても、瘴気を気にせずに動けます！」

「ありがとうジュリーナ、助かるよ」

「お気をつけて！」

私たちが話している間に、ドラゴンは動いていた。

その太い腕を掲げると、私たち目掛けて振り下ろした。

『ガアアッ‼』

「パイロ！」

「御意に」

フェルドとパイロ、息の合った動きで２人の剣がドラゴンの腕を受け止める。

「ぐっ、お、重い……！　この鱗、見た目だけじゃなく重さまで岩そのものか……！」

「王子、右にいなしましょう。合図はあなたが」

「わかった、せーの！」

フェルドの合図に合わせて２人が身を翻《ひるがえ》し、ドラゴンの腕を受け流した。ドズン、と重い音が響き、ドラゴンの腕が当たった場所に入ったヒビが、その一撃の強力さを物語っていた。

「ハッ！」

すかさずフェルドがその腕に剣を突き立てる。が、ガキンと音がして剣が弾《はじ》かれてしまった。

「硬さも相当だ、並の岩じゃない。何かおかしな手応えもするぞ」

「それが隙間なく体を埋め尽くしている、厄介ですね」

冷静に分析する２人。本当に頼もしい。

が、その時。

フェルドの足元に起きた異変に気づいた。

「フェルド、下！」

「えっ！」

彼の足元にあった『蒼の魔石』の結晶が、光を放つ。

そして次の瞬間、爆発した。

「うっ⁉」

「フェルド！　大丈夫ですか？」

「あ、ああ、幸い小さい欠片《かけら》だった、ダメージはないよ。でも厄介だね……あの巨体で暴れられると、いかに濃い瘴気で安定した『蒼の魔石』でも爆発するのか……！」

この空間は天井も壁も床も、あちこちに『蒼の魔石』がある。人間の身長ぐらいの大きさの結晶すらあるのだ。もしもそれらが爆発したら……

『ゴオオッ！』

そうしている間にドラゴンの追撃が来る、もう片方の腕だ。

フェルドたちはなんなく飛びのいて避けたが……運悪く着地した部分の『蒼の魔石』が爆発、フェルドが足でまともに受けてしまった。

「ぐっ……！」

「フェルド！」

「ジュリーナ、君こそ周りに気を付けて！　君の結界の中には瘴気がない、余計に『蒼の魔石』が爆発しやすいはずだ」

「そ、それよりフェルドたちはどうするんですか⁉」

「慎重に戦うしかないね……パイロ、仮に逃げるとして逃げきれるかな？」

「難しいでしょう……見たところあのドラゴン、飢餓《きが》状態にあります」

パイロが言った通り、よく見るとドラゴンは口から涎《よだれ》を垂らしていた。そしてフェルドたちから目を離さない。

「逃げても追ってくるでしょう、そして暗く入り組んだ洞窟をドラゴンに追われながら引き返すのは危険極まりない。さらに……」

『ガアアッ！』

ドラゴンが首を伸ばしパイロに食らいつこうとする。パイロはわずかな身のこなしでそれを避けた。

「……下手に逃げれば、このドラゴンを洞窟の出口へと誘導することになり、飢《う》えたドラゴンを野に放ってしまう恐れもあります」

「立ち向かうしかない、か……！」

「幸い飢餓状態ゆえか動きは鈍い。慎重に戦えば勝機はあるでしょう」

「ああ、久々に本気で戦うとしようか！」

「ええ！」

『ガアアアアッ！』

2人は勇《いさ》ましく、咆哮を上げるドラゴンに向かっていった。

◆◆◆

戦いは続いた。パイロの言った通りドラゴンの一撃一撃自体は緩慢《かんまん》で、フェルドたちは難なく避けている。

しかしその度に洞窟に満ちた『蒼の魔石』が爆発し、それに対する対処も余儀なくされていた。

それに気を取られ、もし一度でもドラゴンの攻撃を受けたら……私が治癒《ヒール》しても次の一撃に間に合うかどうか。

そう考えると綱渡りの戦いだ。一歩間違えればすぐに死が待っている。

「うう……！」

私はやきもきしながら2人の戦いを眺めるしかできなかった。2人が必死に戦っているのに、見ているしかできないなんて。

「な、なにか、何かできることは……！」

せめて私が攻撃の魔法を使えれば、2人の援護ができるのに……！　攻撃魔法と相性の悪い聖なる魔力が今ばかりは恨めしい……

そう考えた時、ハッと閃《ひらめ》いた。

近くにある『蒼の魔石』へと視線が向く。『紅の宝玉』と同類ながらもまるで性質の違う、攻撃的な魔力を宿す石……これを使えば、もしかして。

イチかバチか……やってみるか！

◆◆◆

まずは拾う所からだ。手に取らなければ始まらない。

そっと『蒼の魔石』に手を伸ばしつつ、魔力に意識を集中させる。『蒼の魔石』は本質的には『紅の宝玉』と同じ物質、だったら……

『紅の宝玉』の魔力を抽出するのと逆の要領で、その魔力を解析して……安定させる！

「……よし！」

うまくいった。手の平サイズの『蒼の魔石』を手に持つことができた。要は『蒼の魔石』の外側の魔力を操作して安定したものに変え、全体をコーティングした感じだ。緻密な魔力操作が必要だが、散々『紅の宝玉』を扱ってきた私なら可能だ。

さて問題は、あの思いつきがはたして本当に可能かどうか。危険も伴うが……

「くっ、すごいパワーだ……！」

「なかなか、反撃の機会もくれませんね……！」

『ガアアアアッ！』

ドラゴンと厳しい戦闘を続ける2人のためにも、やってみる価値はある。

「ふーっ……」

息を落ち着かせ、精神を統一。

やること自体はいつもと同じ。宝石からの魔力の抽出、純化、そして昇華だ。違うのは対象が赤ではなく青、『蒼の魔石』であるということ。

安定していて性質もおとなしい、いわば優等生の『紅の宝玉』に比べ、こっちは暴れん坊だ。

それでも私の経験と能力を活かせば……

……いける。感覚が掴《つか》めてきた。

『蒼の魔石』の魔力をコントロールし、指向性を与えつつ研ぎ澄ませ……魔力を魔法へと昇華させる！

「お2人とも！　ドラゴンから離れてください！」

フェルドたちに声をかける。2人は一瞬私を見て逡巡《しゅんじゅん》したようだが、すぐに頷き合うと飛びのき、言われた通りドラゴンから距離をとった。私を信じてくれたのだ。

その期待に応える！

大丈夫、いつもと同じ、取り出した魔力を使って魔法を放つ……ただし今回放つのは『蒼の魔石』に宿っていた魔力。

つまり、破壊の魔法！

「えーいっ！」

両手をドラゴンへと向け、魔法を放った。

その瞬間、辺りが閃光に包まれた。魔法を撃った私自身が腰を抜かしそうになるほどの光だった。

私の手から放たれたのは、キラキラと輝く魔力の渦。宝石が混ざったようにも見える綺麗な魔法だった。

しかしその実態は攻撃魔法、確かな破壊のエネルギー。

『グオオーーーーッ⁉』

光はドラゴンを一瞬にして飲み込み……そして。

光がやんだ時……そこには倒れて動かなくなったドラゴンが残された。

「や……やった……」

私は力が抜けてしまい、ぺたんとその場にしゃがみ込んだ。

イチかバチかの賭けだったけど、なんとかうまくいった。『紅の宝玉』でやるように『蒼の魔石』の魔力を使った魔法……魔力のコントロールには自信があったので、いけるとは思っていた。

しかしまさか、ドラゴンを一撃で倒してしまうほどの威力になるとは。小さい『蒼の魔石』は爆発した時もたいした規模じゃなかったので、ドラゴン相手ならと思いっきりやってみたが……

純化・昇華がうまく行きすぎたのかもしれない。たとえば木炭なども作り方によって燃料効率が格段に変わるように、魔石は扱い方次第で効果が変わるのだ。私はそれが大得意。

やりすぎた気もするし、一歩間違えれば大事故だったとも思うけど……

「ま、ともあれ……結果オーライ！」

目を丸くしてドラゴンと私を交互に見るフェルドたちをよそに、私はガッツポーズをするのだった。

◆◆◆

「ありがとうジュリーナ、君のおかげで助かったよ。まさか『蒼の魔石』をあんな使い方するなんて」

「いやあ、私も賭けでしたけどね。うまくいってよかったです」

「まあ正直危険な賭けではあったと思うけどね……『紅の宝玉』によって国家規模の結界を維持してきた君が、『蒼の魔石』を全力で使ったらああなるんだね……」

「あ、あははは……そこはごめんなさい……」

結果的にはよかったが、行き当たりばったりで行動したのは否《いな》めない。下手をすればフェルドたちごと巻き込んでいたかもしれなかったので、そこは反省。

「パイロ、どうだ？」

「……死んではいませんね。強い衝撃によって気を失っているだけのようです」

パイロさんは倒れたドラゴンを調べていたが、どうやら命までは奪わずに済んだようだ。威力の加減もしなかった以上はっきり言ってそれも偶然、ドラゴンの頑丈さに感謝だ。

と思っていたが、案外そうでもないらしい。

「このドラゴン……傷ひとつない。あれだけの攻撃魔法を受けて……それにこの体に残った魔力は……」

フェルドがドラゴンに触れ何やら考える。そして思わぬことを言い出した。

「ジュリーナ、さっきの魔法、僕にも撃ってくれる？」

「え!?」

さすがに驚く。突然なに？　マゾ宣言？

「確かめたいことがあってね。もちろん小規模なもので頼むよ」

「フェルド様、それなら俺が代わりに……」

「いやこれは僕自身が確かめたいんだ。ジュリーナ、遠慮はいらない、腕目掛けて一発頼む」

「わ、わかりました、そこまでおっしゃるなら……」

いまいち意図が掴めないがひとまず言われた通りにする。辺りを見渡して小さめの『蒼の魔石』を探し、拾った。

「まずそれがすごいよね、『蒼の魔石』をそんなあっさり手に持つなんて」

「ああ、なんか一度やったらコツ掴んじゃって」

魔力の扱いは私の得意分野だ。聖女に選ばれたのも半分以上それが理由だったみたいだし。

「で……本当にいいんですね？」

「ああ、どーんとお願い」

「わかりました……それでは！」

言われた通り、フェルドに向けてさっきの魔法を放った。さっきよりは小規模だが、それでもキラキラ輝く光がフェルドの腕を一瞬で包み込む。

が……光が晴れた時、フェルドの腕には傷一つなかった。

「あ、あれ？　失敗したかな」

「いや……たしかに魔法は僕の体に当たった。だけど僕が感じたのは……ジュリーナの魔力だ」

「私の？　でも今使ったのは『蒼の魔石』の魔力ですよ、ほとんど」

「そう、そこだ。どうやら僕の予想が当たったみたいだ」

「と、いいますと？」

こういう時はおとなしくフェルドの解説を聞くに限る。学者肌らしいフェルドは説明する時いきいきしてるし。

「基本的に、魔力というものは魔力でしか扱えない。だから君が『蒼の魔石』の魔力を抽出し魔法に使うといっても、そのための道具としてジュリーナ自身の魔力を必ず用いたはずだよね」

「あ、たしかにそうですね」

手や足で魔力が持てるわけはない。なのでたとえるなら魔力をトングにして別の魔力を掴むようにして魔力は扱うのだ。

「『蒼の魔石』による攻撃魔法といっても、そこにはジュリーナ自身の魔力が少なからず混ざっていた。そしてジュリーナは『紅の宝玉』でもそうだったように、魔力のコントロール技術に極めて長《た》けているようだけど……その結果、魔法が完全に君の制御下になったんだと思う」

「制御下？」

「たとえるなら剣術の達人は剣を振り回しても無用に物を傷つけない。斬りたいものと斬りたくないものをしっかり区別できる。それと同じように、完全に制御された魔力は、引き起こす現象をも制御できるようになるんだ」

「現象を、制御……」

「君はさっき僕の腕を魔法で攻撃したけど、僕を傷つけたいとは思っていなかっただろう？　そしてその通りの現象を魔法は起こした」

「あ、なるほど！」

私はフェルドを傷つけようとして魔法を撃たなかった、むしろ傷ついてほしくないとすら思っていた。その意識が魔法に反映された、というわけか。

「さらにいえば、あの魔法には聖なる魔力……癒しの魔力が混ざっていた。それによってむしろ、傷つけたくない相手には癒しすら施し、また過剰な破壊を防ぐ作用が現れたんだと思う。僕の腕もそうだし……このドラゴンからも、実はジュリーナの魔力を感じたんだ。『蒼の魔石』だけの力ならありえないことだ」

破壊の魔法なのに、聖なる魔力が混ざった結果、不思議な魔法が生まれたらしい。たしかに『蒼の魔石』の魔力を使う時、私の魔力と反発しないよう慎重に調整したが……それがまさか、そんな効果を及ぼすとは。

「ジュリーナはドラゴンを殺そうとしてたかい？」

「えーっと、正直がむしゃらであんまり考えてませんでしたけど……大人しくしてくれーって感じに思っていましたね」

「だろうね、だからこのドラゴンは死なない程度にダメージを受け、そして気を失ったんだ。君の考え通りにね」

「な、なるほどお」

ドラゴンが死ななかったのは偶然ではなく、私が撃《う》った魔法の性質によるものだったようだ。

「えーっとつまり、『蒼の魔石』を使った私の魔法は、攻撃したい相手だけを必要な分だけ攻撃して、そうでない相手は逆に傷を癒すこともできる……ってことですか」

「ああ、僕自身で証明したようにね」

「それって……なんかすごくないですか？」

攻撃にも治癒にも使える一挙両得の魔法、めちゃくちゃ便利そうだ。

「すごいよ。魔術師たちが涙を流して羨《うらや》ましがるだろうね。君だからこそできる……君にしかできない、奇跡のような魔法さ」

「そ、そんな大袈裟な。私はただこの、『蒼の魔石』を使っただけで……偶然ですよ」

「いや……君はやっぱり、すごい。まさに……いや、すごいよ、うん」

フェルドが語彙《ごい》失いモードに入った。本気で賞賛しているのだろう。私としてはまったく狙ってない、ただ『蒼の魔石』を拾って使ったらたまたまそういう結果になっただけなので、正直照れる。

まあでも、そんなにすごい魔法なら……これからも利用していかないという手はないよね。

ここの『蒼の魔石』を安定化させていくつか持ち帰ろう。きっと今後、役に立つ機会もあるはずだ。

今回みたいに……フェルドたちだけに危険な戦いを押し付けることもなくなるし。

「名前……そうだ、あの奇跡の魔法に名前をつけなきゃいけないね。そうだな……」

考え始めるフェルドを見て、私は正直やばいと思った。思い出すのはクルの名前をつけた時、たしかフェルドはイン・クルー……なんとかというめちゃくちゃ長い名前を提案してきたのだ。

含蓄《がんちく》はあるんだろうが、そのあまり命名が暴走しがちなフェルド。はたして今回はどうなるか。

「……『聖女の光』。そう、呼ぶのはどうかな」

「え？」

意外にもあっさりとした命名に、肩透《す》かしを食らってしまった。

「だ、ダメかな？　君が嫌なら……」

「いえいえそんな！　それでいきましょう！」

「そ、そう？　なら、いいんだ」

実を言うと私も何かに名前をつけるのは大の苦手なので、フェルドが決めてくれるならそれに越したことはない。決定、あの魔法は『聖女の光』。

……あれでも、『聖女』か。うっかり流してしまったけど……私はもう聖女じゃないんだけどな。まあでも、魔法の一部に聖なる魔力が必要なのは間違いないし、そういう意味では妥当なネーミングか。

「……それでフェルド様。このドラゴン、どうしますか？」

とそこで、頃合いを見てかパイロが切り出した。

「せっかく加減してくださったジュリーナ様には申し訳ないですが……危険なドラゴンには変わりません、今の内にトドメを刺してしまうのも手ではあります。この状態なら急所をたやすく狙えますので」

「ま、待てパイロ、ジュリーナの奇跡の結果なんだ、そこまでしなくても……いやでも危険性も事実か、もし洞窟を出てしまえば国民にも危険が……ううん……」

フェルドはロマンチストな面も強いが、それ以上に合理的な為政者《いせいしゃ》。パイロの提案に迷っている様子だった。

私としても結果的に自分が殺したようになるのであまり気分は良くないけれど、近くの人々の危険を考えるとやむを得ないように思える。ここはぐっとこらえて、フェルドに私は気にしないからと進言を……

……ん？

この感じ……このドラゴン……もしかして。

「フェルド、パイロさん。ちょっと、待ってください」

「ジュリーナ、何か考えがあるのか？」

「ええ……ちょっと失礼」

倒れたドラゴンへと近寄る、気を失っているとはいえ、近くで見るとすごい迫力だ。

その鼻先に触れて確かめる……うん、やっぱり。

「このドラゴン……瘴気中毒の症状が出ています」

「なんだって？」

瘴気中毒、その名の通り瘴気に侵《おか》された生物が起こす病気だ。体内の生命力が乱れ、精神と肉体の両方に影響を及ぼす。

うっかり瘴気が溜まった場所に入ってしまったり、瘴気を扱う魔物と戦った後こうした症状が現れることがあるのだ。聖女だった頃、そういう患者が何度か私のところに運び込まれ、治療してあげたことがある。

アルミナ領内には瘴気も魔物もないので患者はいつも他国の人間で、私のところに来るまでに王やその周囲に何か言われたのか、治療の手柄はなぜかいつも王のものになっていたが……

っと、今はそんなことより。

「瘴気中毒、それはつまり、このドラゴンは本来瘴気を持たない種のドラゴンだということなのか？」

「そのようですね、体内の瘴気の感じからしても定着しているというより侵食、好き勝手暴れ回っている感じです」

ドラゴンは個体ごとにまったく違った特徴があり、中には魔物のような瘴気を宿すドラゴンももちろんいる。しかしこのドラゴンには全身から、激しい瘴気を感じた。

たとえば毒蛇の牙には毒があるが、かといって毒蛇の体全体が毒で満たされているわけではない。それと同じように、このドラゴンが瘴気を操る種のドラゴンなら、体中が瘴気に侵されているのはおかしいのだ。まあ私はドラゴンに詳しいわけではないので、普通に考えればきっとそう、ぐらいの考えだが。

しかしそんな私にも、胸を張って詳しいと言える分野がある。魔力、特に瘴気に関してだ。

「しかもこの瘴気……濃いです、途方もなく。この洞窟の瘴気よりもずっと濃い」

「なんだって？」

「これは洞窟の瘴気に侵されたんじゃない、むしろその逆、このドラゴンから放たれる瘴気が洞窟に充満して、今の状態になったんだと思います」

「つまり……このドラゴンはどこか別の場所で強い瘴気を浴びてからここに来て……ドラゴンがいることによって、洞窟全体が瘴気に覆われた？」

「だと思います」

水や風と同じく、魔力も強いところから弱いところへと流れる。濃い塩水と薄い塩水を薄膜《はくまく》を介して接すると、水が移動して同じ濃度にするのと同じ現象だ。

このドラゴンを包む瘴気は洞窟のそれよりも強い。これがもし同じ、あるいは洞窟よりも薄いなら、洞窟の瘴気がドラゴンを侵したとみていいだろう。

だが実際にはその逆……つまりこのドラゴンこそが、洞窟の瘴気の発生源。

「しかしそうなると、このドラゴンはこの広大な洞窟を瘴気で満たし……それでなお余りあるほど、強い瘴気を受けていたということになるね」

「そうですね、もし人間だったら数百万人は死んでしまうほどの強い瘴気です」

「とんでもない話だね……」

おそらく凶暴化していたのも瘴気の影響だろう、いかに生命力に満ちたドラゴンといえどあれほどの瘴気、かなりギリギリだったはずだ。

「それで提案なんですけれど、このドラゴン、浄化してみるのはどうでしょうか」

浄化、つまり瘴気を取り除くということだ。

「もし暴れた原因が瘴気なら、浄化してあげれば大人しくなるかもしれませんし」

「なるほど、ジュリーナは優しいね。でも危険も伴う。元から凶暴なドラゴンが、むしろ瘴気によって力を抑えられていた可能性もあるからね」

「そこは大丈夫ですよ！　もしまた暴れたら、私が『聖女の光』で寝かしつけてやりますから！」

ここにはまだまだたくさんの『蒼の魔石』がある、中にはかなり大きいのもあった。もしドラゴンが暴れても、今度はもっと大きな魔石で『聖女の光』を浴びせてやるつもりだ。

「ふふっ、頼もしいね。うん、ドラゴンは人間にとって脅威でもあるけれど、魔物から守ってくれる守り神という側面もある。殺さずに済むならそれが一番だ。ここはジュリーナに任せてみようか」

「ありがとうございます！」

「パイロもそれでいいよね？」

「ええ……お2人がそうおっしゃるなら」

ドラゴンを殺そうとしていたパイロも一旦剣を収めた。こういう流れにならなければ彼は容赦なくドラゴンに止《とど》めを刺していただろう。クールな目が、今はちょっと怖く思える。

「パイロも、本当はドラゴンを殺したくなかったはずだよ」

そんな私の心中を察してか、フェルドがそっと私に耳打ちした。

「むしろ彼が一番嫌だったはずだ。なにせ彼の家……トラジェクト家は代々、幻獣《げんじゅう》信仰の強い家だからね」

「幻獣信仰？」

「幻獣、要は人智を超える生き物全般の呼び方だ。それらを讃え、崇《あが》め、目標として生きていくべしという教えさ。妹のキセノは、カーバンクルに特別な反応見せていただろう？」

「あ、そういえば……単に小動物好きってだけじゃなかったんですね」

「幻獣とされる生き物は色々いるけど、彼女は特にカーバンクルを信仰していたからね、まさか本物と触れ合えるとは思っていなかっただろう。あ、でも彼女、動物好きなのもそうだよ。リスとか大好き。カーバンクル信仰とどっちが先なのかはわからないけど」

あのリアクションは相乗効果の結果だったのか。なんか納得。

「で……パイロが特に信仰するのが、実はドラゴンなんだ」

「えっ！」

「強さ、たくましさ、神秘性。幼い頃から国を守る騎士になるべく鍛錬《たんれん》してきた彼には自然な信仰だったろうね。小さい頃はよくドラゴンの逸話をあれこれ聞かされたよ、パイロは寡黙《かもく》だけどドラゴンに関しては熱く語るんだ」

「で、でも今、パイロさんはドラゴンを……」

「ああ、殺そうと提案した。騎士団長として、領内の平和を守ることを優先したんだろう。彼はそういう人だ」

自分が信仰し、憧れる存在を目の前にしても、冷静に自分の為すべきことを……パイロ、すごい人だ。

「まあ正直、それは本来僕が切り出すべきことで、彼に言わせてしまったのは僕の落ち度……っい興奮してしまってね……ジュリーナが救った以上、僕がドラゴンを殺せとは言えないだろうって見抜いていたんだろうなあ、パイロは……申し訳ないことしたなあ……」

フェルドは何かぶつぶつ言っていたが、とにかく。

「パイロのためにも、ドラゴンを救えるならそれが一番だ。お願いするね」

「はい！」

これはますますがんばらなくては。ドラゴンを救い出し、パイロにも喜んでもらわなくては。

「ふーっ……」

深呼吸し、集中する。左手で『紅の宝玉』のネックレスを握り、右手をドラゴンへ。

あらためて感じ取るとすごい量の瘴気が、ドラゴンの中を暴れ回っている。ドラゴンはさぞ辛かっただろう。

もし失敗すれば、ドラゴンの中にある瘴気が私の中へと逆流する。いかに聖なる魔力を持つ私といえど、この量の瘴気を一度に受けたら死は免《まぬが》れない。

瘴気の浄化は何度か経験があるが、これほどの強い瘴気の浄化は初めてだ。単純な量で言えば、国一つ覆い尽くせるほどあるかもしれない。

だが私は、それこそ国一つ守ってきた聖女だ。

「はあああああっ……‼」

『紅の宝玉』の力も借り、聖なる魔力によって瘴気を浄化していく。ドラゴンの体からみるみる内に瘴気が消えていった。

すると、不思議なことが起こった。

岩そのものの性質を持っていたドラゴンの鱗。それが輝き始めたのだ。硬く黒い岩のように見えたそれは、瘴気が抜けるにつれて透き通り……

青色の輝きを放ち始めたのだ。

「もう、少し……！」

だが輝きに意識を向ける余裕はない。ドラゴンの奥の奥まで瘴気を探り、それを取り除く。奥へ奥へ……徹底的に……瘴気を引っこ抜くイメージで……

「そおい！」

勢いで聖女らしからぬ掛け声が出てしまった。が、それが功を奏したのか、ドラゴンの体に残っていた最後の瘴気まで、一気に放出することができた。

その瞬間、ドラゴンの体が輝きを放った。

「うっまぶしっ」


思わず目を覆う。一瞬だが、太陽のような輝きだった。

そして輝きが収まった時。

そこには私の『照光《ライト》』の魔法を受けて青色の輝きを放つ……

全身が『蒼の魔石』に覆われた、宝石のように煌《きらめ》く美しい竜の姿があった。

「これが、このドラゴンの……本当の姿……！」

瘴気を取り除いた結果現れたドラゴンの美しさに、私は目を奪われた。鱗の代わりに宝石をまとったドラゴン、こんな生き物が存在するなんて。

「これは……まさか……『輝石竜《ジェムストーン・ドラゴン》』⁉」

パイロさんが声を上げげた。彼にしては珍しい大声だ。

「ご存知なのですか、パイロさん！」

「はい、岩と同じ性質の鱗をまとうドラゴン、いわゆる『石竜《ストーンドラゴン》』の変種、宝石を身に宿す竜、それが輝石竜《ジェムストーン・ドラゴン》。しかしその宝石を狙う人間は後を絶《た》たず、歴史上狩り尽くされて絶滅した、あるいは全ての人間を返り討ちにした後、人間を嫌い人の手の届かない領域へと閉じこもったと言われ、目撃例は直近でも132年前のバビントン山脈冒険譚《たん》の一節まで遡ります」

「く、詳しいんですね」

フェルドが言っていたようにドラゴンのこととなると饒舌《じょうぜつ》だ。表情はあまり変わらないが心なしか興奮しているのが伝わる。

なるほど、キセノさんとの血の繋がりを感じる。しかしそれをここまでしっかり抑えていた辺り、そこはさすがのプロ意識。

「詳しいといっても本当に希少なドラゴンですので、あくまで呼び名と目撃の情報だけ……その生態、性質、由来は謎に包まれています。よもやこんな間近で見られるとは……！」

「そうだね、僕としてもこのドラゴンには興味が尽きない」

と、そこでフェルドが進み出た。ドラゴンを見上げ、その体に触れた。

そして何やらよくわからないことを語りだす……

「体を覆うのは『蒼の魔石』……少し違うが、この輝きは間違いなくそれと同じ性質だ。ただこの感触、そして光の屈折を見るに『蒼の魔石』とはまた違う……特殊な鉱石成分に魔力を通し、結果として『蒼の魔石』と同じ発色をしている？　そうだな、それならそこに瘴気を通した場合黒く変色することへの説明もつく」

　そうだった。パイロがドラゴンならフェルドは石、特に宝石に関して饒舌になる。かわいい男たち。何言ってるかよくわからないけど。

「石竜《ストーンドラゴン》の変種と見ても、その仮説を支持したいですね。彼らは『鋼蝸牛《スチールネイル》』や石鳥《ロックコンドル》などと同じく摂食した岩石を肉体の一部へと変えるので、このドラゴンも摂取した鉱石を鱗のようにして身にまとっていると考える方が、魔力だけをわざわざ宝石の形に固めていると考えるより自然かと」

「そうだね、その通りだ。おそらくは石竜《ストーンドラゴン》の中でも特に魔力伝導性の高い鉱石を摂取した結果変質が起き、また同時に攻撃的魔力を強く宿す種のみがこうした宝石に似た輝きを持つドラゴンとなるのだろう。希少なのも頷ける」

　うーん、何言ってるかわからない。

　要はこのドラゴンはかなり珍しい種ということのようだ。ま、わからなかった部分は後で聞いてみることにしよう。

「この『蒼の魔石』だらけの空間も、このドラゴンが棲《す》みかにしていたからかな？　見たところここにあるのは純粋な『蒼の魔石』のようだけど、無関係ではないだろう。それもきっと輝石竜《ジェムストーン・ドラゴン》の生態に関係しているに違いない、興味は尽きないね」

フェルドの言った通り、『蒼の魔石』に覆われた洞窟に、『蒼の魔石』に覆われたドラゴン、無関係なはずはないだろう。よく見るとたしかに洞窟の魔石とドラゴンの魔石はちょっと光の反射が違うが色は同じだ。

「しかし……『蒼の魔石』、ですか……」

その時。

パイロはふいに呟いた。

「……俺にはこの輝きは、『紅の宝玉』にも劣らないものに見えますがね……」

「あ、それ私も思ってました」

なぜパイロがいきなりそんなことを言い出したのかはわからなかったが、会話に混ざれなくてちょっと寂しかったので私も乗っかった。

実際、この洞窟を覆う『蒼の魔石』はキラキラ輝いて、宝石と同じくらいに綺麗だ。というか『紅の宝玉』とほぼ同じ成分なんだから宝石でいいのでは？　と思う。

「まあ確かに宝石というのは明確な区分があるわけじゃなくて、綺麗な石の中でも希少で、高額で取引されるようなものをそう呼んでいるだけだからね」

「え、そうなんですか？」

「ああ、だからたとえば、過去には希少だった宝石が大量に発見され、結果的に価値が落ちて宝石と呼ばれなくなったなんて例もある。綺麗だけど価値がない石はカラーストーンなんて呼ばれ方もある、『蒼の魔石』の場合は魔力の性質が先に立って魔石と呼ばれることが多いけど」

「なるほど！　あれ？　でもじゃあ……」

宝石の基準は明確にはなく、綺麗かつ希少なものをそう言う。『紅の宝玉』はたしかに綺麗で希少、間違いなく宝石と呼べるだろう。

でも『蒼の魔石』は同じく綺麗で、そして触るだけで爆発するほど不安定で滅多に見られない。つまり希少なはずだ。

「なんで『紅の宝玉』は宝石なのに、『蒼の魔石』は宝石じゃないんですか？」

普通に考えれば、両方宝石と呼ばれていい気がする。

「ああ、それはね……」

フェルドが説明しようとした矢先。

「そう、それです！」

と、急にパイロさんがいつになく強い勢いで割り込んできた。

「定義を考えれば『蒼の魔石』も宝石と呼ばれてしかるべきです。いやむしろ輝石竜《ジエムストーン・ドラゴン》が身にまとっているのです、逆説的に宝石になるのではないでしょうか。そうに違いありません」

「パイロ……言いたかったのはそれか」

フェルドは呆れ気味に笑った。どうやらパイロ、輝石竜《ジエムストーン・ドラゴン》の箔《はく》づけのため、『蒼の魔石』は宝石であることにしたかったらしい。ドラゴン大好き少年と化した彼からすれば、伝説の宝石をまとうドラゴンなのだから、その通りに呼びたかったのだろう。

「ただちょっと難しいかもしれないね、『蒼の魔石』の場合は『紅の宝玉』と違って扱いが難しい、他の宝石のように装飾品にしたりは困難を極めるだろう。宝石は希少さもそうだけど、欲しがる人がいるかどうかが重要だ」

宝石は欲しがる人がいて初めて宝石になる、か。

それこそ『紅の宝玉』はアルミナが喉《のど》から手が出るほど欲していた。ま、結界の維持の他に王侯貴族たちが装飾品としてこぞって欲しがったせいもあるだろうけど。

「流通できない以上は宝石とは呼びにくい。ごめんねパイロ」

「そうですか……」

パイロはシュンと肩を落としてしまった。なんだかかわいそう……あ、そうだ。

「あ、それなら私、いけるかもしれませんよ」

「え？」

「私が処理すれば『蒼の魔石』は安定させられるので、宝石として売れると思います。宝石の加工と同じく一度処理しちゃえば大丈夫ですので」

あまり商売に詳しくない私だが、とりあえずフェルドの言った問題はクリアできる。そうすれば宝石の条件はクリアできるはずだ。

それに、さっきも考えたが『蒼の魔石』の希少性はある意味『紅の宝玉』以上。

「うまくいけばオーソクレースの財源にできるかもしれません！　私がんばりますよ」

私がせっせと『蒼の魔石』を処理し、宝石として売り出せば、オーソクレースだけが持つ貴重な財源になれる。私もお世話になるオーソクレースに貢献できて万々歳《ばんばんざい》だ。せっかく置かせてもらうんだから仕事しなくちゃね。

そんな想像をすると私はなんだか楽しくなってきたし、パイロも顔を明るくしていた。素直なドラゴン大好き少年め。

が、唯一微妙な顔をしていたのがフェルド。

「ジュリーナが宝石を作って……売る……か」

「だ、ダメでしょうか？」

私にはわからない経済やら政治やらの問題があるのだろうか？　おそるおそる聞いてみる。

「……君は気にしないの？」

「え？」

「いや、アルミナでの顛末があったから、てっきりそういう……その、宝石をお金でやりとりすることに抵抗というか、嫌悪《けんお》感はないのかなって」

「なんだ、そんなことでしたか」

フェルドはどうやら私に気を遣ってくれていたらしい。

が、心配はご無用だ。

「私が嫌いなのは恩知らずのアルミナ王とアルミナ国民だけです！　宝石にもお金にも罪はないですよ！」

別に私は『紅の宝玉』は聖なる物質なのだからお金で取引するなんて罰当たり、だとか、お金を理由に追放されたからお金が嫌い、だとかそういうことは思っていない。

ただ、国を守ってあげた恩を顧《かえり》みず私が悪と決めつけて追放されたこと、また国を守るために頭をひねって『紅の宝玉』を買うお金を作り出すべきなのにその努力を放棄し、投げ捨てた無責任さを憎んでいるだけだ。

「私はギブ＆テイクが好きなんです。お金の取引なんてまさにその最たるものでしょう？　嫌う理由なんてありませんよ」

でなきゃ宝石売りのお爺さんと話したり、オーソクレースの宝石店に入ったりしていないもの。ま、宝石店の方ではちょっとひと悶着《もんちゃく》あったけど。

私の宣言を聞いてフェルドは、

「……ふふふっ」

と笑った。

「やっぱり君はすごいね。聖女なんだけど聖女らしくないというか……いやそうか、それがジュリーナなんだね。うん、さすがだ」

「それ、褒めてるんです？」

「褒めてるとも。ギブ＆テイクか、僕も大事にしていこう」

「フェルドなら大丈夫ですよ！」

そうして話していた、その時だった。

「王子！　ジュリーナ様！　離れて！」

突然、パイロが鋭く叫ぶ。

「ちょっとごめんね」

「きゃっ」

すかさずフェルドが動く、私をさっと抱き上げると素早くその場から飛びのいた。すぐに降ろされたが、ちょっとドキドキした。こういうことをあっさりやってくれちゃってこの王子様は。

だがすぐに、パイロの言葉の意味を悟り私もドキリとする。

ドラゴンが、動き出していたのだ。

「浄化の影響か、『聖女の光』の特性か……もう目を覚ましたか」

「ジュリーナ様、お下がりください」

フェルド、パイロが剣を構える。そうだ、ドラゴンの瘴気を浄化し元の美しい姿を取り戻したが、かといってドラゴンが私たちの味方とは限らない。

フェルドも言っていたように逆に瘴気によって凶暴さが抑えられていた可能性すらある。もしそうならこれから、元気いっぱいのドラゴンと戦う必要がある。

「だ、大丈夫です！　いざって時は私の『聖女の光』で……」

「いや状況が変わった、あのドラゴンは『蒼の魔石』をまとっている以上、『蒼の魔石』の力を使う魔法である『聖女の光』が効かない可能性が出てくる」

「あっ……たしかに」

「さっきまでは瘴気によって『蒼の魔石』が力を失っていたけど、今はどうだか……しまったね、話すより先にまず距離をとるべきだったかもしれない。僕もパイロもつい興奮してしまった」

「面目次第《めんぼくしだい》もございません……」

　思ったよりも大変な状況になってしまった。ドラゴン大好きパイロ、宝石大好きフェルド、そして2人の話を楽しく聞いていた私の3人ともやらかしたわけだ。

　さあ、ドラゴンがどう出るか。

　ドラゴンは青色に輝く巨体を持ち上げる。その目が開かれ、私たちを見た。目からはさっきまでの凶暴さは感じられないが……

『……人間ども……貴様らか……』

　しゃ、喋った？　いや喉からの声じゃない、魔力を使った声だ。

　とにかく、このドラゴンには知性がある。話し合いができるということではあるが、もし敵意があるなら危険度はただ暴れるよりも遥かに上だ。

　緊張の瞬間。ドラゴンは首を持ち上げ……笑った。

『貴様らのおかげでスッキリした！　礼を言うぞ！』

　そのまま豪快な笑い声をあげるドラゴンに、私たちは顔を見合わせ、ほっと胸を撫でおろすのだった。

◆◆◆

『我こそは天覆う青き翼ことサッピールズ！　幾百年の時を生きる竜よ！』

輝石竜《ジェムストーン・ドラゴン》、あらためサッピールズは私たちの前で堂々と名乗りを上げた。

『よもや人間どもに救われることになろうとはな。癪ではあるが、それ以上に爽やかな心持が我が身を満たしておる。女、貴様の力か？』

「え、ええまあ。私の魔力と、この『紅の宝玉』の力の合わせ技ですね」

『ほほう？　赤の石……我が鱗とはまた異なる力の魔の石か。我が青き力の主ならば、女、貴様はさしずめ赤き力の主と言えよう。人間もなかなかやるではないか』

「別にそんなたいしたものじゃないですよ。あ、私ジュリーナって言います」

『そうか、ジュリーナか。人間の名を覚えるなどいつぶりか……フハハハハハ！』

「うふふふっ」

魔力を通して人間の言葉を操り、サッピールズは上機嫌《じょうきげん》そうに笑っていた。瘴気が取り除かれてよっぽど嬉しかったんだろう。そんなサッピールズと話していると私も嬉しくなってきた。

しかしまさか、ドラゴンとこうして話すことになるなんて。たしかに体は大きくて威圧感はあるが、話していると人間とそんなに変わりはない気がした。

「ジュリーナ、すごいよね……」

「ドラゴンと、こうも自然に会話を……」

フェルドとパイロはそんな私を見て呆れたような感心したような顔をしていた。話してみれば意外と気さくな人、いやドラゴンですよ？

そりゃあ理性のない凶暴な魔物なら怖いけれど、こうして話が通じる相手ならちょっと体が大きいだけだ。人間でも話が通じないような相手はいるし……

『そうだ、そこの男どもも名乗れ！　おぼろげながら覚えておるぞ、貴様らも暴走する我に果敢《かかん》に立ち向かい、ジュリーナが力を行使する隙を見事作り上げた！　このサッピールズが貴様らの名を覚えてやろう』

「それは……光栄だね。フェルド・オーソクレースだ」

「ぱ、ぱ、パイロ……です」

『そうか、フェルドにパイロよ。貴様らにも礼を言おうぞ、フハハハハハ！』

ほら、気さくなドラゴンでしょう？　まあパイロさんは憧れのドラゴンに名前を呼ばれた感動で気絶しそうになっていたが。

「そうだサッピールズ、聞きたいことがあるんです」

『む、なんだ？　申してみよ』

「サッピールズはなんで……サッピールズって言いにくいですね。サッちゃんでいいですか？」

『サ、サッちゃん⁉』

サッピールズが驚きの声を上げる。さすがにダメだったか？

『ク、フ、フ……フハハハハハッ！　どこまでも愉快な女よ！　竜をあだ名で呼ぼうとはな』

「ご、ごめんなさい、嫌なら別に……」

『よいよい、初めてのことで面食らっただけよ。貴様らなりの親密さの表現であろう？　恩人の流儀に合わせるとしよう、これより我をサッちゃんと呼ぶがいい』

あ、やっぱり話の分かるドラゴンだ。よかったよかった。

ほっとする私のそばで、フェルドは呆れたような感心したような顔で私を見て、パイロさんはありえないものを見る目で見ていたが……本人、もとい本竜がいいと言うならいいだろう。

「じゃあサッちゃん、質問なんですけど、サッちゃんはどうしてあれほどの瘴気を受けてしまったんですか？」

サッちゃんの体に宿っていた瘴気は国一つ滅ぼせるほどの強さのものだった。少し魔物と戦ったり、魔物溜まりに突っ込んだ程度では考えられないことだ。それも、『蒼の魔石』に身を包むサッちゃんの体がどす黒く染まるほどの瘴気……いったい何があったのだろうか。

「私たち、実はこの洞窟を流れる川の下流で、瘴気が含まれた石を見つけて、その原因を調べに来たんです。サッちゃんの瘴気と無関係とは思えないんです、何か知っていますか？」

『ふむ……たしかに、それは我が関係していそうだ。よかろう、話してやる』

そうしてサッちゃんは事の顛末を語り始めた。

『我はずいぶん前からこの洞窟をねぐらとしてきた。少し奥に行けばわかるが、上部が崩れ天と繋がる場所があり出入りがたやすく、水があり、糧《かて》となる魔物も多く、人間も寄り付かない絶好の地だったからな。だがそこへ、招かれざる客がやってきたのだ』

「招かれざる客……？」

『人間……いや、今思えば人間だったかも怪しい、謎の者たちだ。2人組で、術式の編み込まれた装束《しょうぞく》に身を包み、姿はよく見えなかった。言えるのは、そのものたちが途轍《とてつ》もなく強い邪の気配……貴様らの言うところの瘴気をまとっていたことだ』

瘴気をまとう2人組……本当に人間だったのだろうか。

『奴らは我に襲い掛かった。目にも留まらぬ速さで飛び回り、次々に我が体の青き輝きを奪い取っては、そこへ瘴気を流し込んだ。我が輝きを狙う盗人とは幾度となく戦ってきたが、あれほど手強《てごわ》く、輝きを奪われることを許してしまったのは生まれて初めてのことだった』

輝き、とはサッちゃんが纏《まと》う『蒼の魔石』と同じ性質の鱗のことだろう。2人組は宝石泥棒ということか？

『この地の青き輝きはその戦いの跡よ。我が使った青き力、その残滓《ざんし》が輝きとして岩肌に残っているのだ』

「え、サッちゃんって『蒼の魔石』の力使えるんですか？」

『青き輝きのことか？　無論だ、元は我の魔力、我が扱えぬはずなかろう』

『蒼の魔石』は攻撃的な魔力の塊……サッちゃんが本気なら、それを使って戦っていた。そのエネルギーの強さは私が『聖女の光』で証明済み、それをサッちゃんは全身に纏っているのだから、普通の魔法使いが束になっても足元にも及ばないだろう。洞窟を『蒼の魔石』で覆い尽くすわけだ。

だがそんなサッちゃんでも……退《しりぞ》けることができなかったのが、その2人組。

『奴らは我が力すらものともせず、次々に我が輝きを奪っていき……気づいた時にはその姿はなく、我は全身を瘴気に侵され倒れていた。そこからの記憶はおぼろげだ、ただ残っているのは苦痛と焦燥《しょうそう》の記憶のみ。とにかく邪なる気を体の外に出さんと、ひたすらに岩を貪り喰い、新たな鱗を作っては捨てていたのは覚えている』

「岩を食べた？」

『我は喰らった岩を身に宿し、我が魔力を含ませこの青き輝きとするのだ。同様に、我が身を覆った瘴気をそうして鱗に混ぜて次々に生み出し、切り捨て、可能な限り早く排出しようとしたのよ。もっとも瘴気が強すぎたゆえか、洞窟が瘴気に沈むほどに吐き出し続けても、気休めにしかならなかったがな……』

その時、フェルドが口を開いた。

「そうか、そうしてサッピールズが切り離した鱗が川に落ち、モース村に流れ着いていたんだ。石竜《ストーンドラゴン》の鱗は切り離されれば岩にしか見えないからね、川を流れる内に削られ、小石のサイズになって村まで流れてきたんだろう」

なるほど、瘴気を含む岩の正体は、瘴気に苦しむサッちゃんが岩を食べ続けることで辛うじて出した鱗だったんだ。ただ岩を食べても食べても瘴気は出し切れず、サッちゃんは苦しみ続け、モース村には瘴気が溢れていった……ということか。

モース村の瘴気を辿っていったら、まさかドラゴンに繋がるなんて。誰も想像できなかっただろう。

『やがては苦しみのあまり正気すら失っていたところ、貴様らが現れた、というわけだ。つくづく、ジュリーナが来なければどうなっていたやら。つくづく感謝よの』

「ふふっ、どういたしまして」

でも、モース村の瘴気の原因がサッちゃんを襲った瘴気で、それを浄化できたということは……。

これでもう、モース村の問題は解決ということか！　目の前のドラゴンを救ったら、それが本来の目的を果たすことになるなんて。なんという偶然、いや必然？

とにかく。

「やりましたね、フェルド！　これで村はもう大丈夫ですよ！」

「ああ、そうだね。ジュリーナのおかげだ」

フェルドはそう言って、優しく微笑んでくれた。

「本当に、君が来てくれてよかった。君がいなければモース村を救うことはできなかった、ありがとう。村の皆も喜ぶだろう」

「いえいえ、当然の仕事をしたまでです。それにフェルドたちに連れてきてもらわなきゃ来れなかったんですから、お互い様ですよ。あ、でも、帰ったら新しい『紅の宝玉』くださいね？」

「もちろん！　また渾身《こんしん》の逸品をプレゼントするよ」

「うふふっ、楽しみにしています」

私としてもフェルドの期待に応え、モース村の皆を救うことができてよかった。一時はどうなることかと思ったが、これで万事解決。

……と、いうわけにもいかないようで。

「残る問題は……サッピールズを襲った2人組が何者か、か」

『うむ、我もそれだけが気がかり……というより、思い返すだけで腹立たしい！　我の青き輝きを奪い尽くしたばかりか、この天覆う青き翼たる我をあのような目に遭わせよって……！　けっして許しはせん！』

フェルドとサッちゃんが懸念するように、たしかにサッちゃんを襲った2人組のことは心配だ。ドラゴンを手玉に取り、かつ暴走するほどの瘴気を流し込んだ、謎の存在。サッちゃんは人間に見えたようだけど……人間がそんな力を持つなんてありえるんだろうか？

「サッピールズから奪ったという『蒼の魔石』も心配だね。『紅の宝玉』と違い、『蒼の魔石』はジュリーナほどの技術がない限り商売には使えないはず……いったいなんの目的なのか……」

フェルドは心配していたが、まあフェルドに任せておけば大丈夫だろうという気もした。頼もしい限りだ。

『む……時にフェルドよ、貴様その身なりと口ぶり、さては人間の社会の要人であるな？』

「ん、ああ、よくわかったね。一応、一国の王子を名乗らせてもらってるよ。ドラゴンの君にとってはどの道小さな存在だろうけど」

『しかしながら仮にも人間どもの上に立つ身なれば相応の力もあろうな……ふむ……』

「サッちゃん？　どうしたんですか？」

サッちゃんは考え込んだ後、

『よし、決めたぞ』

と笑う。

そして、とんでもないことを言い出した。

『我も貴様らと共に山を下り、貴様らの国へ赴くとしよう！』

◆◆◆

一緒にオーソクレースに帰る、と言い出したサッちゃんに私たちは驚いた。

「えっ、サッちゃん来るの⁉　オーソクレースに？　な、なんで？」

『我を襲った2人組を探すためよ。奴らは許せん、我が誇りを汚し、邪なる力で散々に苦しめおってからに……！　必ずや見つけ出し報復を為す！　しかしただ座して待つのみではまた現れるとは限らぬ、さらにいえば口惜《お》しいことに現れたとて同じ目に遭わされよう。貴様らと共に行けば、人間の国の力で奴らは見つけやすくなる上に、見つけた時には貴様らの力も使えるであろう？』

なるほど、サッちゃんの言い分はわかった。いきなり襲ってきて体の一部を奪い去り、瘴気によって苦しめてきた相手を許せないのは当然だろう。それを探し出すため、また倒すために私たちと協力したいというのは納得の理屈だ。

でもそううまくいくのだろうか……私はフェルドを見る。案の定《じょう》、難しい顔をしていた。

「たしかに君の気持ちはわかるし、僕らとしても瘴気を操る2人組には警戒をしていきたいから利害は一致してるけど……」

『そうであろう、そうであろう。なんだ、竜たる我が貴様らの手を借りてやると言っているのだぞ、何が不都合だ？』

「君がドラゴンってことだよ。誰もが皆ジュリーナみたいにドラゴンに怯《ひる》まず接せられるわけじゃないんだ、君がオーソクレースに来たら大騒ぎになるだろう。さらに言うと君の力は強すぎる、人が大勢いるオーソクレースに行くのは危険だ」

フェルドの言うこともっともだ。私たちは仲良くなれたけれど全ての人間とサッちゃんが仲良くなれるわけじゃない、いくらフェルドが王子として慕《した》われているとはいえ、安全なドラゴンだからみんな仲良くしてね、はーい、とはいかないだろう。

『なんだそんなことか』

だがサッちゃんはそう言ってニヤリと笑った。

「何か考えがあるのか？」

『当然よ、我を何と心得る、天覆う青き翼ぞ。幾百の時を生きた我の力をもってすれば……』

サッちゃんはそう言うと、その翼で自分の体を覆った。するとサッちゃんの体が光に包まれ……みるみる内に小さくなっていく。

光は人間くらいの大きさまでになり、収まった。

気づいた時にそこに立っていたのは人間の姿だった。青い髪に爬虫類を思わせる鋭い目つき、自信たっぷりな表情がどこかデンジャラスな印象を与える。

ただ頭には角があり、耳は人間よりも鋭く尖り、さらに首の辺りや肩、腕、足などには『蒼の魔石』が鱗のように生えていた。

まさかとは思うが……サッちゃんが、人間の姿になったのか。

「どうだ！　どう見ても人間であろう⁉」

両手を広げ、誇らし気に宣言する。声もそれまでの魔力を使った会話ではなく、人間と同じ喉での発声になっていた。

角や鱗があるので完全な人間ではないが、たしかに人間そっくり。サッちゃんこんなことができたのか……

が、それより。

「さ、サッちゃん……あなた、女の子だったんですか⁉」

そう。サッちゃんの人間態は、女性のそれだったのだ。

細身の長身ながら出るところが出て引っ込むところが引っ込んだ抜群のスタイル。腰まで伸びた青い髪が美しく揺れ、牙を覗《のぞ》かせる笑みは妖艶な美しさすらあった。

まさかサッちゃんが女の子だったなんて。すっかり男だと……

「ん？　違うが？」

違うの⁉

「ああこの姿か？　我はジュリーナと友になった、それゆえジュリーナと同じ種の人間の姿をとったまでよ」

「な、なるほど……？」

たしかにどの道ドラゴンの姿から変身しているのだから、男になろうと女になろうとあまり差はない……のかもしれない。

「してどうだ、フェルド！　これならば何も心配はいらないであろう？」

「ああ、見事な変身だ……長く生きたドラゴンは人間の理解が及ばない不思議な力を持つというが……これは変身魔法や幻惑魔法では説明できない、ドラゴンだけが持つ力のようだね」

「無論だ、我ら竜を人の理《ことわり》で測《はか》れると思うな！　フハハハハッ！」

「そしてそれが問題だ」

「む？」

フェルドはサッちゃんにずいと詰め寄った。

「人間には君の知らない特徴やルールが色々あるんだ。人が竜を理解できないように竜も人について知らないことが多いと思った方がいい。姿形は真似できても、そのせいで人間を傷つけたり、逆に傷つけられたりするかもしれない」

「なにぃ？　だが我はこうして完璧に人間の姿に……」

「人間には鱗も角もない」

「ぐ、む、それはまあ、確かに……」

「その姿ならオーソクレースに来てもまあいいだろう。でもそうするなら、人間の常識を学んでもらわなくちゃ困る。僕たちが色々教えてあげるから、基本的に僕たちの言うことには従ってもらうよ。いいね？」

「わ、わかった」

　さすがフェルド、見事にサッちゃんに首輪をつけてしまった。彼のこういう合理的なところを私は気に入っている。

「それで、角や鱗は隠せないのかい？」

「隠せなくはないがバランスが崩れる、できれば今の姿でいきたい！　我にも美意識があるのだ」

「うーん、それなら仕方ないか。じゃあオーソクレースに帰ったら帽子か兜を……いやむしろ、そういう装飾と説明をするか……？」

　フェルドがサッちゃんと話している間、そういえばパイロが大人しいなと気づく。

見てみるとパイロは……項垂《うなだ》れ、地面を殴っていた。

「くっ……なぜ、なぜ……！」

「パ、パイロさん？　どうしたんですか？」

「なぜ……人間の姿になど、なってしまうんだっ……！」

　パイロは小さく、しかし目いっぱいの悔しさが滲《にじ》んだ声を絞り出した。握る拳にも力がこもっている。

「わかっています、必要なことだと……しかし、しかしそれでも……ドラゴンの翼が、腕が、脚が、牙が……あのたくましくも美しい体が……もったいないっ……‼　くううっ……！」

彼にしかわからないことなのだろう。かける言葉が見つからないので、そっとしておいた。

「そ、それでフェルド、サッちゃんがオーソクレースに来るの、ＯＫになったんですよね？」

「ああ、一応ね。どうやらこの姿だと彼……彼女と呼ぶべきかな？　まあその力も大部分に制限がかかるらしいからトラブルは起きにくいだろう。ちょっと変わった見た目だけど、少なくともドラゴンには見えないしね。城郭の中では必ずその姿を維持すること、基本的に僕たちの指示には従うこと、他色々を条件として呑《の》んでもらったよ」

この短時間でそこまで交渉を済ませるとは、さすがフェルドである。

「ぐぬぬ、雪辱《せつじょく》のためやむを得んとはいえ、窮屈であるぞ……」

「まあまあサッちゃん、その姿もカッコいいですよ？」

「む、そうか？　まあそうであろうな、人の似姿を借りようと我は竜、竜たる威厳がにじみ出るのであろう！　フハハハハ！」

サッちゃんは私の言葉であっさり上機嫌になった。なんだろう、ドラゴンから人間に姿を変えたのもあって、なんだか子供みたいだと思ってしまった。

『キュー？』

とその時、ポケットからクルが顔を出した。ずっと一緒にいたのだが、瘴気の気配が怖かったのか今までポケットに引っ込んでいたのだ。楽し気な空気を感じ、顔を出したのだろう。

「む？　なんだ、その小さな生き物は？」

サッちゃんがクルに興味を示した。ドラゴンにとってもカーバンクルは珍しい生き物のようだ。

「カーバンクルのクルですよ、私の家族なんです。ほらクル、挨拶して」

『キュッ』

「なんだこやつ、額に『紅の宝玉』があるではないか。むむ……よいなそれ……我もこの姿の額に青き輝きを……」

「サッピールズ、これ以上人間から遠ざからないでくれ。その姿が現状ベストだよ」

「むうしかしフェルド、青き輝きは我が誇りであってだなあ」

フェルドの説得のために離れるサッちゃん。まるでお小遣いをねだる子供のようだ。あるいはペットの躾《しつ》け……とまで言っては失礼かな？

サッちゃん、どっちかといえばクルに近い扱いになるのかもしれない。ドラゴンにカーバンクル、考えてみれば贅沢な組み合わせだ。

「そうか……！　むしろ人の姿だからこそ……その奥のドラゴンの姿のギャップが際立ち……背徳的な存在感を……」

その頃パイロはまだ何やらブツブツ言っていた。うん、そっとしておこう。

◆◆◆

何はともあれ。

モース村を襲っていた瘴気の問題は、原因を突き止め無事解決。

私はついでに洞窟の『蒼の魔石』をいくつか持ち帰った。結局、宝石として売って財源にする案はフェルドから「ジュリーナに任せすぎて色々リスクが付きまとう」と却下されてしまったが、それはそれとして『蒼の魔石』には何かと使い道があるだろう。『聖女の光』にも。

一番の戦果はやはりサッちゃんだろう。フェルドが言ったように何かと危険ではあるけれど、ドラゴンという一大戦力がオーソクレースに味方してくれるのは、やはり有難《ありがた》い。万一の時の頼もしい味方になってくれそうだ。

パイロは帰り道では復活し、なんだかやる気に燃えていた。ドラゴンに恥じないようより一層の鍛錬に励《はげ》む、と張り切っているようだ。しかもサッちゃん曰《いわ》く、戦いは好きなので暇な時は胸を貸してやる、とのこと。パイロは気絶しそうなほど喜んでいた。

万事解決。私もお役に立てて何より、これで胸を張ってオーソクレースに定住できる。

私たちは意気揚々《ようよう》と、村人たちと兵士たちが待つモース村へ帰還したのだった。

◆◆◆

モース村に帰った私たち。

フェルドが村人に事情を説明、ただしサッちゃんのことは伏せ、あくまで上流に瘴気が満ちた洞窟があり、その影響で石が流れていたと話した。洞窟にドラゴンがいてそのドラゴンが何者かの襲撃で瘴気に侵されて石を食べるドラゴンだったのでその石が……という説明では混乱を招くと考えたのだろう。

「ジュリーナが瘴気を祓《はら》い、解決した。それで十分だろう」

フェルドはそう言って笑っていた。まあ、嘘は言っていない。

で、村人たちへの説明でフェルドによって持ち上げられたのもあり、村人たちはフェルド以上に私に対して感謝してくれた。あなたのおかげで助かった、さすが王子様が選んだお方だ……

そして村人の誰かがポロリと口にした。

「聖女様！」

一瞬ギクリとする。アルミナから来たことを知ってる人がいたのか、と。

だが違ったようだ。

「おおそうだ、ジュリーナ様は聖女様だ！」

「聖なる力で瘴気を祓い、村を救ってくださった！」

「聖女ジュリーナ様ばんざい！」

村人たちが口々に言って囃《はや》し立てる。純粋に私の力を讃え、聖女という言葉を選んでくれたようだ。

聖女。捨てたつもりの名前だったけど……純粋な感謝からそう呼ばれるのは、けっして悪い気はしない。むしろ、とても嬉しかった。

「ジュリーナ」

村人たちの感謝の雨の中、フェルドが私に語り掛ける。

「君は確かにアルミナの聖女ではなくなった。でも君の聖なる力は健在だし……こうして、心からの敬意で君を聖女と呼ぶ人たちもいる。むしろ、聖女とは本来こうあるべきなのかもしれないね」

今の、アルミナの聖女とは単なる役職の称号だ。だが今、村の人たちが私を呼ぶそれは……違った意味合いがある。

「であればジュリーナ、僕も君を聖女と呼びたい。宝石の聖女ジュリーナ、と。君が嫌じゃなければだけど……どうかな？」

正直、これまで迷っていた部分はあった。聖女はやめたが、かといって聖女としての力を捨てたわけではなく、幼少期から磨き上げたその力に少なからず誇りを持っている。

聖女と名乗るわけにはいかないが、聖女の名を捨てきることもできず、迷っていた。

だが……村人たちの嬉しそうな顔、そしてフェルドの言葉に自信を貰えた。

「……はい！」

私は聖女。宝石の聖女、ジュリーナ。

誰かが私のことをそう呼んでくれるなら、私も胸を張ってそう名乗ろう。

なんだか胸のつかえがひとつ取れた気がした。

……ま、私の性格を考えるといわゆる聖女とはほど遠い気もするけど……あくまで力の話ね。

皆がそう呼んでくれるわけだし、うん。

◆◆◆

その後、私たちはモース村で一晩体を休めた。村人たちからぜひお礼をさせてほしいと頼まれたのもある。

村で一番大きな村長の部屋で、事件解決のお祝いも兼ねて宴会が開かれた。

王族の方に出すには畏れ多いが、と運ばれてきた料理だが、農村なだけあって材料豊富、素朴ながら味わい深い品の数々を堪能できた。特に私は高級なものを食べ慣れていないのでこの方が落ち着く。

フェルドとパイロはお酒も楽しんでいた。麦で作ったというお酒、フェルドが言うには絶品だったそうだ。

サッちゃんも宴に参加した。振る舞いは少し乱暴だったが、人間の姿では力も人間と同じになるらしく特に問題はなかった。むしろ賑やかな宴《うたげ》にはサッちゃんが一番馴染《なじ》んでいたのかもしれない。ちなみに村人たちからサッちゃん用の服も貰った。これで安心。

特にサッちゃんはお酒を気に入ったらしくガブガブ飲んでいた。酔っぱらって暴走しないか心配だったが、体の中の方はドラゴンなのかほとんど酔っぱらわず終始ただただ楽しそうだった。力は人間なのに中身はドラゴン、不思議だが、フェルド曰くドラゴンの魔術は人間にはわからない部分も多いんだとか。

あとそうそう。

ついに、私の念願がひとつ叶った！

というのも……クルにヒマワリの種をあげられたのだ！

ヒマワリの種をちっちゃな両手で持って口に押し込んでいくクル、とてもかわいかった。やっぱりクルはヒマワリの種が大好きなんだろう。

フェルドは「ジュリーナが手渡せばなんでもいいんじゃないかな？」と言っていたが、そんなわけはない。はず。

袋いっぱいに種を貰えたので、都に帰ってからもあげるとしよう。キセノさんもきっと喜ぶはずだ。

ともあれ、モース村で楽しい一夜を過ごしたのだった。

◆◆◆

オーソクレースに戻った私たちは、まず王様に報告しに行った。ただし原因がサッちゃん……つまりドラゴンであったことは伏せて、単に川の上流に魔物がいて、それが瘴気の原因だった、といった具合にぼかして。

フェルドは少し大袈裟に私の活躍を盛って話していた。王様やオーソクレースの役人の人たちの前で褒め称えられるのは恥ずかしかったけど、悪い気はしなかった。

サッちゃんのことは表向き「解決に協力してくれた現地協力者」ということになった。角と鱗は隠さずに、これはサッちゃんの生まれ故郷の文化のアクセサリーだ、と説明した。変に隠すと見られた時に怪しさが増すから、ということを考えてのものだそう。王様をはじめ一部の人には裏で正体を教えるが、ひとまず表向きはそういうことに。

そしてサッちゃんを襲ったという2人組のこともサッちゃんのことはぼかしつつ伝え、危険な2人組であり、そのための重要参考人兼討伐の協力者として、サッちゃんはオーソクレースの客人として迎え入れられることとなった。この辺りのスムーズさはフェルドの信用の賜物《たまもの》だろう。まあサッちゃん本人が、見た目はともかく言動が「私に懐いた子供」ぐらいにしか見えなかったのもあるだろうけど……

さてオーソクレースでのサッちゃんの過ごし方はというと……これが意外な方向に進むこととなった。

◆◆◆

オーソクレース王城付近にある、演習場にて。

「ハーッ……！」

傷ついた兵士の体に手をかざし、聖なる魔力によって癒しを施す。たちまち傷は消えていった。

「……はい！　これで大丈夫ですよ」

「ありがとうございます、ジュリーナ様、我々のためにわざわざ……」

「いえいえ、これくらいお安い御用です！　オーソクレースを守ってくれている皆様のためですもの」

兵士はお礼を言いながら去っていった。

「ふーっ、これで全員ですか？」

「ええ……ありがとうございます、ジュリーナ様」

「いえいえ」

一連の作業を見守っていたパイロにも、あらためて礼を言われた。

今日は聖女としての仕事として、激しい訓練で傷ついた兵士の傷を治す仕事をやりに来ていたのだ。とはいえあくまで訓練でついた傷なのでそんな重いものはなく、『紅の宝玉』がなくても私なら簡単に治せるものばかりで、本当にお安い御用なのだが。

「サッピールズ様が来てから、兵士たちも訓練に今まで以上に熱が入っているようで……お手数をおかけします」

パイロの言う通り、実は今、サッちゃんがパイロたち兵士の訓練相手をしているそうなのだ。人間の姿のサッちゃんはかなり力が落ちているが、それでも普通の人間に比べればかなり強いらしく、サッちゃん本人が体を動かしたいのもあっていい訓練相手になっているらしい。ただその分怪我も増えがちで、こうして私がサポートしてあげている。

ちなみにサッちゃんと訓練ができて一番喜んでいるのは、もちろんパイロだ。兵士たちの前ではなんとか平静を取り繕っているらしいが、キセノさん曰く、「兄は本当は踊り出したいくらい喜んでいますよ」とのこと。パイロのダンス、正直見てみたいかも。

「あれ、そういえばそのサッちゃんはどこに？　普段は私のところにすっ飛んでくるのに」

「気まぐれな方ですので……王城の方に戻られたようですね」

「あ、そうでしたか」

それじゃあ私も王城に戻ろうかな。そろそろお茶の時間だ、キセノさんが準備をしてくれているはず。今日はフェルドも一緒のはずだ。楽しみ！

◆◆◆

さて自室に戻った私はフェルドと共にお茶を待つ。

「お仕事お疲れ様、ジュリーナ。兵士たちも喜んでいただろう」

「ええ、それはもう。たくさんお礼を言ってもらって、私も嬉しかったです」

「ふふ、それは何よりだ」

こうしてフェルドと話すのも楽しい時間だ。フェルドの方は私よりも遥かに忙しく色々な仕事に追われているらしいので、毎回こうしてお茶を共にできるわけではないが、それでも時間を見つけて来てくれている。フェルドの方も、私とのお茶を楽しみにしてくれていたら嬉しいのだけれど。

とその時、コンコンとノックの音。どうぞ、と迎え入れる。

そうしていつものように、サービングカートにお茶とお茶菓子を載せたキセノさんが部屋に入ってくる……はずだったのだが。

「失礼するぞー！」

元気のいい声とともに飛び込んできたのはキセノさんではなく。

なんと、サッちゃんだった。

「さ、サッちゃん⁉」

驚いて思わず声を上げてしまった。というのもサッちゃん、メイド服を着て、それこそキセノさんがやるようにカートを押して入ってきたのだ。

「え、な、なんでサッちゃんが？」

「うむ！　ジュリーナよ、我はキセノに倣《なら》い、メイドになったのだ！」

「え、ええっ⁉」

「驚いたか、ワハハ‼」

サッちゃんは上機嫌だが、私は軽いパニックだ。メイド服姿のサッちゃんはかわいかったけど、正直それどころじゃない。いつも冷静なフェルドですら、目をぱちくりとさせていた。

「失礼いたします」

と、後ろからキセノさんが現れた。

「混乱なさっていらっしゃると思いますので、ご説明いたします。実は以前から度々《たびたび》、厨房《ちゅうぼう》にサ

ッちゃん様がいらっしゃっていて、ご興味を持たれた様子でしたのでお茶菓子の余りなどをお与えしておりました」

ああ、それは想像できる。子供のようにねだったのだろう。サッちゃん、人間の体で食べる食べ物、かなり好きになったみたいだったし。

「そうしたことがあってサッちゃん様はわたくしめをいたく気に入ってくださったようで、幾度かお話をさせていただいたのですが……メイドの仕事に強い関心を抱かれ、本日ぜひとも自分もやりたい、とご所望されたので、発注ミスで残っていた大きなサイズのメイド服をお貸しして、今に至る次第です」

「な、なるほどぉ」

経緯はわかった。たしかにサッちゃん、キセノさんによく懐いている雰囲気だ。まあキセノさんは優しいいし動物好きだし（サッちゃんを動物扱いは怒られるかもだけど、雰囲気は似てるよね）、相性はいいはずだ。

「どうだジュリーナ、メイドの我は！　キセノとお揃いだぞ！　似合っておるか？」

「う、うん、それは本当、似合ってます」

「であろう！　ワハハ！」

「でも……な、なんでメイドをしたくなったんです？」

メイドといえば奉仕する人だ。こう言っては何だが、ドラゴンとしてのプライドを強く持ち、人間を見下している雰囲気のあるサッちゃんとは遠い存在のように思えるのだが。

するとサッちゃんは答えた。

「まず仕事をこなすキセノは格好いい！　我もあのようにテキパキとこの肉体を動かしてみたい！」

肉体を動かす、か。そういえばサッちゃん、兵士の訓練に付き合う理由に、人間の体に慣れるためだとも言っていた。サッちゃんからすれば激しい訓練もメイドの仕事もそう変わらないのかもしれない。

「そして仕事を手伝うと、メイドの皆が我を褒め称《たた》える！　まさに我に相応しいことよ！　菓子もくれるしな」

「えっと……？」

「実は以前から、数人のメイドが同じようにサッちゃん様にお菓子などを与えていたようで……」

かわいがられてるなあ、サッちゃん。

「そして何より、キセノはジュリーナと時間を過ごすことが多いと聞くではないか。ズルいぞ！我もジュリーナのそばにいたいのだ！」

たしかにキセノさんは私のお付きのメイドということになっているので、そばにいる時間は長い。サッちゃんはそれに嫉妬した、と。愛されてるなあ、私。

「そういうわけで、これより我もメイドとして働くこととする。ジュリーナのお付きメイド？とやらだ！　なんなりと用件を申し付けるがよいわ！」

そういって張り切るサッちゃんは、子供がごっこ遊びしているようでなんだかかわいかった。

最初は驚いたけど、いいんじゃないかと思った。兵士との訓練もそう一日中ずっとやるわけじゃないし、やることもなく過ごすよりはメイドとしての仕事がある方が張り合いも出るだろう。私もサッちゃんといるのは楽しいし、何より本人がやる気だし。

キセノさんに耳打ちされたところによると、サッちゃん様でもできる仕事をお願いする予定です、とのこと。メイドさんたちの中でもうまく扱ってくれそうだ。

「さあサッちゃん様、フェルド様とジュリーナ様にお茶を差し上げましょう。わたくしがお茶を運ぶので、お茶菓子の方をお願いします」

「うむ！」

さりげなくこぼれる危険のあるお茶を担当し、サッちゃんにはこぼれにくいお菓子を任せるキセノさん。お母さんみたいだ。私、お母さんの記憶ないけど。

「賑やかになるね」

と笑うフェルド。

「ええ、本当に」

私も笑った。

こうしてサッちゃんも加えたオーソクレースでの日々は、より鮮《あざ》やかに彩《いろど》られていくこととなるのだった。

第四章 アルミナからの使者

Houseki no Seijo

オーソクレースに戻ってから数日後。

それは突然訪れた。


「クルって小さいのにもふもふよね～」

『キュー』

昼下がりの穏やかな頃合い、部屋でクルとじゃれていた時。

ドアがノックされた。

「ジュリーナ、今いいかな」

フェルドの声だ。どうぞ、とすぐ了承する。

そうして部屋に入ってきたフェルドは、何やら穏やかでない表情をしていた。

「フェルド？　何かあったんですか？」

「うん……先ほど王城に使者が来た」

「使者？」

そして次の一言で、私も察した。

「アルミナからだ」

◆◆◆

私はフェルドと共に謁見の間へとやってきた。

そこにいたのはフェルドの父であるオーソクレース国王と……国王と謁見している、小太りの大臣。見覚えのある、アルミナの大臣だ。

「国王陛下、フェルド・オーソクレース並びにジュリーナ・コランダム、ただいま参りました」

王の前まで進み出たフェルドと共に私も恭《うやうや》しく頭を下げる。

「ジュリーナ……」

私を見たアルミナの大臣が小声で呟く。私を睨みつけていた。

「オーソクレースに似た姿の女がいるとの噂は聞いていましたが……まさか本当に生きており……あまつさえ王宮に巣くっているとは」

おっと、いや失敬、住んでおられるとは……と大臣は見え見えの訂正をした。

アルミナに私の生存、そしてオーソクレースにいることがバレるのは予定通りのことだ。私はオーソクレースで顔も名前も隠さずに暮らしているのだから当然だろう。

今回の使者は別件でオーソクレースまでやってきたらしい。そこで私のことを聞き、用事そっちのけで真偽のほどを国王に問いただした。

いずれ来るとはわかっていた瞬間でもある。何もやましいところなどない私は、こうして堂々と姿を現した、というわけだ。フェルドに守られつつ、ではあるけれど。

「納得のいく説明をいただきたいものですなあ」

アルミナの大臣はじろりとフェルドに非難の目を向けた。

「なにゆえ我が国の大罪人……ジュリーナ・コランダムがここにいるのか。どうも聞いたところ、アルミナを追放されて日も浅いというのに、やけにフェルド王子と懇意《こんい》にしているとも……よいですか、このジュリーナは、聖女の座というアルミナの中枢《ちゅうすう》ともいえる仕組みを己が欲望のために混乱に陥れ、ともすれば存亡《そんぼう》の危機すら招いた極悪人なのですよ。それがなにゆえ、オーソクレース王宮にて、こうして堂々と闊歩《かっぽ》しているのですかなぁ？」

長々と、嫌味たらしく問い詰める大臣。本気で私が悪人だと疑っていないのだろう。まあそうでないと自分たちがお間抜けになるから当然か。

私はあえて黙っていた。私が何を言おうともアルミナの人間には響かないだろう。言って聞くようなら、そもそも追放されていないし……

ここはフェルドに任せる、そう決めていた。さてフェルドはというと。

「質問の意味がわからないな」

と、毅然《きぜん》と返した。

「なっ……!?」

「事の顛末は聞いている、君たちはジュリーナに追放の処分を与えたのだろう。ならば処分は追放で終わりだ。アルミナ領内に足を踏み入れない限り、彼女がどのように身を振ろうと自由のはず。彼女は今、このオーソクレースの客人としてここにいる。それに対し、あなたに説明することは何もない」

「で、ですがフェルド王子、仮にもオーソクレースの王族の方がそのような罪人を傍《かたわ》らに……」

「聞こえなかったのかな？」

食い下がる大臣に対し、フェルドは淡々と言葉を続けた。

「彼女はオーソクレースの客人だ。我々がそう認めている。そうですよね、陛下？」

うむ、と王様も頷いた。

「あなたは僕たちの客人を侮辱するのか？」

うっ、と大臣は言葉に詰まった。アルミナとオーソクレースには明確な力関係があるとはいえ、王族に対し大臣が強く出られるはずはない。何よりフェルドの言葉には、淡々としつつも有無を言わさぬ凄味があった。

「ぐ……失礼いたしました」

結局大臣はフェルドに非礼をわびた。あくまでフェルドに、だろうけど、まあいい気味だ。

私がどのようにしてオーソクレースに至ったか、具体的には説明しなかった。説明しても信じてもらえない、というより信じようとしないだろうから。

「イトイ殿。本題に入ってもらおうか」

さらに王様が重厚な声で大臣《イトイ》に促す。端的な言葉だが、フェルドに同調し、牽制《けんせい》する意図《いと》が伝わってくる声だった。

「……ではそういたしましょう。元より今回の件はオーソクレース王国並びにフェルド様へのもの、オーソクレースの客人の方にはまったく！　関係のないことでございます」

大臣はなおも私に対し嫌味を送る。たくましい男だ。フェルドの目がどんどん怖くなっているのには気づいていないのかもしれないが。

「ひとつはまず、『紅の宝玉』の援助に関するお願いです」

「援助？」

「はい。我が国では、と・あ・る！　強欲なる罪人が、国の財を使い潰さんとしたという事件がございましてねぇ……ご存知のこととは思いますが……オホン！」

隙あらば愚弄をねじ込んでくる。たくましくも腹立たしい男だ。

「えーっ幸いにも罪人の追放により財政は回復傾向ですが、その傷は未《いま》だ深く、特に結界の維持のための『紅の宝玉』が不足している状態なのです。そこでですね、親愛なる隣国である貴国オーソクレースへ、援助をお願いしたいとアルミナ国王様たっての申し出なのですよ」

『紅の宝玉』不足、か。まあ当然だろう。ただでさえ困窮《こんきゅう》しているところに国で一番優秀な聖女だった私を追放したのだから、足りるはずがない。

「援助……とは、交易とは違う意味を感じるが？」

「さすがオーソクレース王、お察しの通り。なにぶん我が国はジュリ……もとい罪人のせいで今しばし余裕がないのです、当面は援助という形で『紅の宝玉』をいただきたい。無論、財政が安定し次第、相応の御礼をさせていただくこと、約束いたしますよ。賢くお優しいオーソクレース王のことだ、きっと断りはしないだろうとアルミナ国王はおっしゃっていました」

調子よく喋る大臣、暗に大国アルミナからオーソクレースへ圧をかけているのだろう。あの身勝手で傲慢《ごうまん》なアルミナ国王の顔がちらつき嫌な気分になった。

「援助の要請に関しては理解した。それについて返答する前に、まず第二の要件の方もお伺いしたい」

「かしこまりました」

返答をすぐには貰えないと想像してか、大臣は特に動じた様子はなかった。あるいは援助を断られるとはまったく思っていないからかもしれない。

「さて第二の要件ですが……フェルド様に、お渡ししたいものがあるのです」

その時大臣が浮かべた笑みの意味を、私たちはまだ知る由もなかった。


イトイ大臣が去った後の謁見の間。

大臣から渡された物を手に、フェルドは難しい顔をしていた。

「聖女就任式典の招待状、か……」

大臣がフェルドに渡したのは一枚の招待状だった。内容はシンプルだが、やたら豪華に飾られている。

「就任式典？　私の時も先代の時もそんなのやらなかったと思いますけど」

「ああ、僕も初耳だ。父上の時はいかがですか？」

「私の記憶にもない。おそらくその新聖女……ハリル・グレース・アモルフィアーの要請によるものであろう」

「アモルフィアー家……なるほど、それならば頷ける話ではありますね」

ハリルというのが私の代わりの聖女なのか。ま、私には関係ないことだけど。

「しかしこの招待状、父上ではなく僕を指名していますね。国の代表を、でもなく」

「うむ、明らかにフェルド個人へのなんらかの意図を感じる。フェルドよ、ハリルという娘に何か覚えはあるか？」

「何度か社交界で言葉を交わした覚えはありますが……特別、個人的に深く話したような記憶はありません」

「ふうむ……いくらか仮定はできるが確固たるものはないな……」

「ジュリーナ、君はどうだい？　新聖女になったということは君と同じく聖女候補だったということだろう、その時に何か話したりは？」

フェルドに聞かれて考える。ハリル、ハリル……うーん。

「うーん、覚えてないですね。貴族の人みたいですし、私とは口も利いてくれなかったんじゃないかと」

聖女候補には貴族も多くいて、そういう人は私のような庶民とは会話どころか同じ空間にいることすらほとんどなかった。

「それにしても、アモルフィアー家か……まさかな……」

むしろフェルドの方が何か知ってそうだ。

「フェルドから見て、ハリルってどんな方なんですか？」

「え？　うーん、さっきも言ったけどあまり印象がないんだ。本当に数回顔を合わせた程度で……家名の方は知ってるけど、アモルフィアー家はちょっと……ね」

フェルドは何か含みを持たせた言い方をしたが、話しにくい内容なのかと思い、その時はあまり深く聞かなかった。

「してフェルド、お前はどう判断する？」

「そうですね、まずは招待に応じようかと考えています」

「えっフェルド、アルミナに行くんですか？」

ああ、とフェルドは頷いた。

「情報収集も兼ねてね。どういう意図があるのかわからないが、わからないからこそ行ってみて確かめなくちゃならないだろう。以前から一度、この目でアルミナの現状を確かめたいとも思っていたんだ」

「なるほど……！」

見て確かめる。慎重派のフェルドらしい考えだ。でも危険もある気がする。

「でもフェルド、ちょっと心配です。フェルドは私をかばったせいで、アルミナから狙われたりしませんか？」

問いかけるとフェルドは、

「するだろうね」

とすんなり頷いた。こういう時誤魔化さないのもフェルドらしい。

「でも大丈夫、いくつか手は打っておくよ。パイロも連れていくしね」

そう語るフェルド。その時、

「それに……」

と、フェルドはまた大臣がいた時のあの、おっかない目を見せた。

「ジュリーナに関して、いつまでも突っかかられると面倒だ。一度しっかりと、『話』をしておかないと。そのためには大抵のことは踏みつぶす気でいるよ」

うーん怒っている。私のために怒ってくれてるんだと思うと嬉しさもあるけど。

「ではフェルドよ、第一の件についてもお前に任せよう。お前の目でアルミナを確認し、その上で援助の是非を決定するのだ。イトイ殿には私から伝えておこう」

「かしこまりました」

「彼らは国の困窮がジュリーナ嬢のせいだと信じ切っているが、無論それを信じることはできない。しかしながら、それならば別の要因があるはずだ。それを確定させない限り援助も難しかろう」

「承知の上です。可能な限り調査して参ります」

「うむ、頼んだぞ」

そんなわけで、フェルドがアルミナに行くことになった。私はお留守番だ。追放された身だし、アルミナに行きたいとも思えないし。

ただこの時は……ここから、あんな事態が起きようとは、想像もしていなかった。

◆◆◆

アルミナ王国では。

「いったいどうなっておるのだ!?」

王の、悲鳴にも似た怒声が響いていた。

「足りん！　足りん！　まったく足りん‼　『紅の宝玉』の数がまるで足りていないぞ！　どうなっておる！」

「そ、そうおっしゃられましても、すでに国財の使える範囲の限界近くまで使っており……」

「ぐぐうっ……！」

玉座で吠《ほ》える王に、しどろもどろの大臣たち。

さらにそこへ兵士たちが駆け込んでくる。

「陛下、瘴気の拡大の報告が！　じき農作物に影響が……」

「結界の弱体化は深刻です！　魔物の侵入の恐れも……」

追い打ちをかけるように流れ込む凶報。

王は玉座をダンと叩いた。

「なぜ!?　なぜ結界が弱まっている！　なぜ宝玉がまるで足りない……!?」

今、アルミナは未曽有の危機に陥っていた。

『紅の宝玉』による結界が弱まり続けている。幾度となく宝玉によって魔力を補充したが、それでもまるで足りない。というよりむしろ、足りないのは『紅の宝玉』の方だ。

「ジュリーナを追放してからというもの、財政の困窮が収まるどころかむしろ加速しておるではないか!?　どうなっておるのだ！」

王は怒鳴り散らすが、問いに答える者はいなかった。

と、その時。

「国王様、お呼びですか？」

ハリルが玉座の間に現れた。王が兵士に命じて呼びつけていたのだ。だが彼女もまた、王とは別の理由から不機嫌そうな顔を浮かべていた。

「どうしたのです、そう喧《やかま》しく騒がれて」

「どうもこうもない！　何を他人事《ひとごと》のような顔をしておる、結界が消えかけておるのだぞ⁉　幾度となくお主に『紅の宝玉』を渡し、結界に魔力を補充させたではないか！　どうなっておるのだ⁉」

怒涛の勢いでハリルを問い詰める国王。だが結局、人に命令するだけで知恵もなければ知識もない王にできることは、こうして怒鳴ることしかないのだ。

それを知ってか知らずか。

ハリルは、はあ、と、ため息をついた。

「そんなことでいちいちわたくしを呼ばないでください」

「な、なんだと⁉」

「いいですか、わたくしは仕事をしました、宝石の聖女として、『紅の宝玉』の魔力を使い結界に注いだのです。それも何度も何度もね。後のことは知りません、『紅の宝玉』の補充もあなた方の仕事。足りないなら集めればいいでしょう」

「な、なにぃ……⁉」

「偉大なるアルミナ国王様のご威光があれば造作もないことでしょう？　まさか、自分には到底不可能なので助けてくれ……とでもおっしゃるのですか？」

「ぐっ……⁉」

強権を押し付け、強者の立場のリーダーシップを振るってきたアルミナ国王。今更弱みを見せるわけにはいかない、王とは即《すなわ》ち国そのもの、王が弱れば国が滅ぶ。少なくともアルミナ国王はそう考えている。考えているゆえに、ハリルの言葉に何も言い返せなかった。

「まあでも助言はして差し上げましょう。結界の範囲を狭めればいいのです、せいぜいこのアルミナ王都だけで十分でしょう」

「なっ⁉　だが王都の外にも国民が……」

「所詮は庶民でしょう、多少死んでもすぐ生まれるでしょう。わたくしはフェルド様をお迎えする準備で忙しいのです、これ以上くだらないことで煩《わずら》わせないでくださいませ」

「ぐぐうっ……‼」

ハリルから浴びせられる無礼な言葉の数々。だが王は、迂闊《うかつ》に何か言えばまたやりこめられる恐れから反論を飲み込んでしまった。

「ハリル、お主……！」

王はハリルを見る。その衣装、体のあちこちに『紅の宝玉』が施された装飾品がある。今、アルミナが喉から手が出るほど欲しているものだ。

「なんでしょうか？」

だがそれを差し出せと命令はできない。ハリルは貴族、その財産を寄こせなどいくら王でも軽々しく言えるはずがない。ましてそんなことをすればハリルはまた、王の弱みに付け込み詰《なじ》ることだろう……それを想像し、王は動けなかった。

その時ようやく、王にある考えが浮かぶ。

もしや、もしや。

ハリルを聖女にしたのは……失敗だったのでは。

ジュリーナを追放したのは……本当に、正解だったのか？

「……いや！　いやいやいや、いやっ‼」

違う。自分の判断が間違っているはずがない。自分は王だ、偉大な王だ。

それに今更撤回などできるはずがない。国民に対し、ああも大々的にジュリーナの罪を並べ立てて追放したのだ。それを撤回すれば、自分の権威に傷がついてしまう。

しかしもう『紅の宝玉』の不足は深刻だ。至急手を打たなければならない。

「やむを得んか……」

王はひとつ決断した。王にとって重大な決断。

それは……

「王家秘蔵の『紅の宝玉』を解放する！　これを用いて結界を再強化し、国の備えとせよ！」

おおーっと歓声が上がった。さすが王、備えていたのか、私財をなげうつとは見事な治世だ、と。王はそれを聞いてご満悦だ。

だが無論、これはけっして賢いことではない。裏を返せば王はこれまで秘密裏に『紅の宝玉』を溜め込んでいたということだ、国の困窮を尻目にして。ここで放出することを決めたのも自分の保身のためだ。

それをわかっている家臣もいるが、けっして表には出さない。逆らっては後が怖いというのもあるが、何より王に取り入った方が得だからだ。

だが……その『得』がいつまで続くのか。

国が崩壊を始めれば、そうした者はすぐさま国を見限り逃げていくだろう。家臣に限らず、それは全ての国民にとっても同じ。

それはもう、遠くない未来に迫っている。

「……フン」

ハリルもまた王とそれを囃し立てる群衆を見て、扇で顔を隠しつつ見下しの笑みを浮かべた。

と、その時だった。

「ほ、報告っ！」

別の兵士が慌てた様子で駆け込んでくる。

「ご報告です！　オーソクレースよりイトイ大臣が帰還いたしました！」

「おおそうか」

「あら！」

オーソクレースに送っていた使者が帰還した。王もハリルも、それにパッと顔を明るくする。

双方にとって待ち遠しい報告だ。

「それでオーソクレースはなんと？　どれほどの『紅の宝玉』を援助するのだ？」

「それよりもフェルド様！　フェルド様はどうお答えに？」

「そ、それが……」

２人がもう少し察しが良ければ、使者に送った大臣本人が現れず、兵士が報告してきた意味から察せたかもしれない。

朗報ならば大臣が我が物顔で手柄にする。つまりオーソクレースからの返事はアルミナにとって、悪い返事。

それも特に……ハリルにとって。

「……は？」

報告を聞いたハリルの手から、扇《おうぎ》が滑り落ちた。

◆◆◆

【SIDE：フェルド】

準備の後、僕たちはアルミナへと出発。

2日をかけて、僕たちを乗せた馬車がアルミナへと到着した。

検問を抜け中へ。馬車の窓から覗いたアルミナ王都の人々は、何やら表情が曇《くも》っているように見えた。

「アルミナが困窮しているという情報は聞いていたが……どうやら事実のようだね」

向かいに座るパイロに話しかける。

「そのようです。結界の魔力も弱まり、瘴気が強まっているように感じました」

パイロは魔力を感じ取る訓練を受けている。精度は本職にこそ及ばないが、それでも確かな情報だ。

アルミナはジュリーナが財を使いこんだとして追放したわけだけど……当然、別に理由がある。

ジュリーナに責任を押し付けて、本当の理由を見つけられていないらしい。

今のアルミナの王はけっして名君とは呼び難い人物とも聞いている。場合によってはより大きな事態に発展することも考えなくてはならないかもしれない……

そんなことを考えつつ、馬車は進んでいった。

◆◆◆

通されたのはアルミナ王都の中心部、王宮だった。就任式典は明日だが、その前に一度ここへ来るようにと、検問の際に兵から伝えられた。

護衛としてパイロを引き連れ、玉座の間へ。

「オーソクレース第一王子、フェルド・オーソクレース。参上いたしました」

「……よくぞいらっしゃった、フェルド王子」

玉座のアルミナ王は、見るからに警戒の目で僕を見ていた。やはりジュリーナのことで僕に対し……

「フェルド様！　ようこそアルミナへ！」

「え？　おっと……」

考えを巡らせていると、急に腕に抱きつかれたので驚いた。見れば、妙に派手なドレスと、やたらめったらに装飾品……それも『紅の宝玉』の装飾品を身にまとった女性だった。

「お会いできるのを心待ちにしておりましたわ。わたくしのこと、覚えていらっしゃるでしょう？」

そう自信満々に語る女性の顔には、生憎《あいにく》覚えはなかった。だが推測はできる。アルミナ王の日の前でこうも自由に行動し、そして身につけた『紅の宝玉』……

「あなたがハリルか」

「はい、アルミナ王国を守護する宝石の聖女、ハリル・グレース・アモルフィアーですわ。お久しゅうございます、フェルド様、お会いできて光栄でございます」

女性、ハリルは満面の笑みを浮かべ、一度僕から離れ恭しく挨拶をした。一見すると丁寧な所作だが、その表情、行動、まくしたてるような口調から、どこか身勝手で一方的な感じが見え隠れしていた。

「こちらのドレス、いかがですか？　フェルド様のために特別に用意いたしましたの！　『紅の宝玉』も素敵でしょう？　式典本番では、この3倍は魅力的なドレスをご用意いたしますわ！」

まくしたて自慢してくるドレスも、典型的な成金趣味で僕の趣味じゃない。というよりアルミナは困窮しているはずなのに、このためだけにそんな豪華なドレスを用意したのか？　『紅の宝玉』も？

「オホン！　長旅ご苦労、フェルド王子。この度は、聖女就任式典への出席、まことに感謝する。

だが、まずは確認せねばならないことがある……わかっておるな？」

「ええ。ジュリーナのことですね」

ジュリーナの名前を出すと、王の隣のハリルをはじめ、玉座の間で謁見を見守っていた大臣たちや兵士たちがざわつき始めた。中には明確に、僕に対し敵意あるいは嫌悪の目を向ける者さえいた。

「わかっているなら話が早い。フェルド王子、お主は、いやオーソクレースは……我が国を追放された大罪人、ジュリーナ・コランダムを国ぐるみで匿《かくま》っている。間違いないな？」

何やら偏《かたよ》りを感じる言い回しで、アルミナ王がジュリーナをどう思っているかが窺える。

だが間違ったことは言っていない。僕は堂々と頷いた。

「はい。ジュリーナ・コランダムは、我がオーソクレースの客人です」

王が目を見開き、群衆のざわつきがいっそう大きくなった。僕に注がれる敵意と嫌悪も強くなる。今にも怒号か罵声が飛んできそうだった。

それはアルミナ王も同じだ。僕を強く睨みつけ、続ける。

「それはジュリーナが、その欲深さのために聖女の力を偽り、我が国の宝たる『紅の宝玉』を私物化し、過剰《かじょう》な量の宝玉を要求し溜め込み！　財政を疲弊《ひへい》させ、国民を飢えさせた、国の存亡すら脅かさんとした大罪人であることを、知ってのことか⁉」

なるほど、それがアルミナの言い分か。

筋書きは理解できる。孤児院出身の少女が立身出世を目論んで、聖女の力を過剰に演出、晴れて聖女となったが、欲望のあまり国を困窮させ、馬脚を現し追放……単純な筋だ。

だが。

「お言葉ですが、アルミナ王」

僕は無礼を承知で、アルミナ王を睨み返した。

「我がオーソクレースのジュリーナ・コランダムに対しこれ以上の侮辱は、このフェルド・オーソクレースが許しません」

「なっ……⁉」

「この国でジュリーナに対し、どのような調査が行われたのかは存じませんが……あなたの主張に対しまったくの正当性を感じません。少なくとも我が国の認識では、ジュリーナは確固たる能力と素晴らしい人格を持つ大事な客人です。それを侮辱することは彼女を迎え入れた僕を、ひいてはオーソクレースを侮辱することに等しい！」

「ふぇ、フェルド王子、お主、自分が何を言っているのかわかっておるのか⁉」

「承知の上です。ジュリーナへの侮辱は、この僕が許さない！」

この場にいる全員に聞こえるようにはっきりと、僕は宣言した。これで公式に、オーソクレースはジュリーナを庇護《ひご》することが表明されたのだ。

国としてリスクはあるし、逆に色々と、ジュリーナの肩を持つメリットも挙げられるだろう。

だが今ここでの僕は純粋に、ジュリーナに向けられた理不尽を許せない、ただそれだけだった。

アルミナの人々がざわついている。当然だろう、国王が直々にジュリーナを大罪人と断じたのを、僕が正面から否定したからだ。

「つまりそれは……オーソクレースは、我がアルミナに対し敵対をするとでもいうのか⁉　『紅の宝玉』の援助を笠に着て！」

案の定、激情にかられたアルミナ王はそう僕に噛みついてきた。わざわざそんなことを一国の王が言葉にするなんてあまりにも短絡的で、僕はため息をつきそうになった。

「御冗談を。僕はただ王子として、国に招いた客人に対する侮辱をおやめいただきたいと申し入れたまでです」

もし僕が、はいそうだお前は嫌いだと言ったらどうするつもりだったのやら。いくらアルミナが大国といえど国同士で明確に敵対するのは損失が大きい、まして今のアルミナは明確に疲弊しているというのに。

譲れない一線以外、アルミナと敵対するつもりはない。それが双方のためになるだろう。この国王を制御しなくてはならない。

が、その時。

「ふざけるな！」

と、玉座の間のどこからか声が上がったので、僕は驚いた。

そこから堰《せき》を切ったように、次々に怒鳴り声が響き始めた。

「そんな建前が許されると思っているのか⁉」

「極悪人ジュリーナの肩を持つなんて！」

「アルミナを滅ぼす女と同類というわけか！」

「オーソクレースごときが！」

「国王に謝罪しろ！」

次々に溢れ出す怒号。兵士、大臣、あるいは使用人すらも僕に声を浴びせかける。

アルミナ国王はそれを止めるどころか、より一層の怒気を持ち、

「そうだ、我がアルミナを、私を侮辱しているのは貴様の方だフェルド！」

などとのたまった。

僕は驚きを通りこして、呆れた。これがアルミナという国か。王が王なら民も民。仮にも他国の王子に対し、感情のままにこんな態度をとるなんて。

「……ジュリーナは、こんな国にいたのか」

そして思い至る。きっとジュリーナが追放された時も、こういった状況だったのだろう。いや一応は王子の僕に対してこれだ、大罪人と断じられたジュリーナが受けた仕打ちは輪をかけてひどかったに違いない。聖女として守ってきた国に対し、恩を仇《あだ》で返され、追放されて……

それでもジュリーナは。健気《けなげ》にも、前向きで。アルミナへの怒りなんて忘れたように笑っていたんだ。

そんな彼女が、これ以上こんな国のせいで、煩わされるようなことがあっていいはずはない。

すう、と、大きく息を吸い込んだ。

「静粛にッ！！！」

そして叫んだ。アルミナ国民たち以上の、感情を込めて。

冷や水を浴びせられたように、群衆が静まり返った。アルミナ国王も玉座に張り付けられたように身を竦《すく》めている。

それは僕の……心の底の、憤怒を感じ取ったからだろう。

「再度通告する。ジュリーナ・コランダムへの侮辱は看過できない。彼女がオーソクレースの客人であるというだけでは納得できないというのなら……」

本当はこんな理由でこんなことを言いたくはなかった。だが今後、ジュリーナがアルミナの影に怯えずに暮らすためなら。

「ジュリーナは僕にとって、大事な女性だ。それをお忘れなきよう伝えておく」

僕の言葉にアルミナ国王が目を見開き、群衆たちは絶句した。

「な……なっ……!?」

王も言葉が出ないようだ。僕がここまで言うとは思っていなかったのだろう。

だがこれは僕の、まぎれもない本心でもある。

「これ以上、あなた方と話すことはない。あなた方は僕らを歓迎する準備ができていないようだ、式典への出席、謹《つつし》んで辞退させていただく。行こうパイロ」

「御意に」

もはや彼らと付き合っている暇はない、ここまで言ってなおまとわりついてくるようならば、それ相応の対処を考えるまでだ。

僕は踵《きびす》を返し、玉座の間を後にしようとした。

が、その時。

「お、お待ちくださいっ‼」

ハリルが僕を引き止めてきた。僕の前へと回り込み、縋《すが》りついてきた。必死の様子で、涙ながらに訴えてくる。

だが、その内容は。

「フェルド様は……フェルド様は、騙されていらっしゃるのです！　あの悪女ジュリーナに、とんでもない売女《ばいた》めに！　あの女は聖女選抜試験にて試験官を篭絡《ろうらく》するという不正を行い、以降もその汚い欲望から数々の悪行に手を染めてきました！　騙されてはなりません、フェルド様！」

聞くに堪えないものだった。

「……もういい。手を離してくれ」

「離しません！　フェ、フェルド様、わたくしが……わたくしがいますわ！　見てください！　わたくしハリルは宝石の聖女です！　紅の輝きをもってアルミナを守護する、宝石の聖女なのですよ⁉　ジュ、ジュリーナが……大事な女など、何かの間違いですよね⁉　フェルド様！　ジュリーナなんか捨てて、わたくしを……」

僕はハリルの手を掴み、強引に引き離した。

それでも、抑えた方だ。

「……どいてくれ。そしてもう一度言う。ジュリーナへの侮辱は、許さない」

「あ……う……」

ハリルも観念したのか、その場でがっくりと崩れ落ちた。

そうして僕らは玉座の間を去った。振り返ることもしなかった。

「……ジュリーナ……」

背後でハリルがそう呟くのだけ、わずかに聞こえた。

◆◆◆

アルミナ王宮を出た僕たちは、待たせている馬車へと向かった。すぐにオーソクレースに戻るつもりだ。

歩きながらパイロと話す。

「やってしまったね……」

少し頭が冷え、自分の行動を振り返ると、いささか短慮だったようにも思える。これでオーソクレースとアルミナの溝《みぞ》は決定的、これから大変になるだろう。

「ですが後悔はしていない。そんな顔に見えます」

「……まあね」

さすがにパイロは僕のことを分かっている。王子としては失格かもしれないが、彼の言う通り僕はやるべきことをやったとは思っていた。

「これからが大変だ。いくらアルミナでもいきなり全面戦争なんてしないとは思うけれど、最悪の事態も想定して動こう。まずは諸国への根回しだな。準備はできているかい？」

「ええ、有力な情報は揃っております。一部は物的証拠も提示できるとか」

「朗報だね、各国にはアルミナの真の姿を知ってもらわないと」

我がオーソクレースのような小国が生き残るために必要なのは情報だ。その点、僕らは準備ができている。ジュリーナのことを調べた時のように、アルミナにかねてから送り込んでいた諜報員たちがいる。彼らが得た情報を使い、早速各国に使者を派遣して根回しを……

とその時。

「フェルド王子！　お待ちいただこう」

突然、アルミナの兵士が僕らの前に立ちふさがった。さらにずらりと、他の兵士が僕らを取り囲む。

「……なんの真似かな」

まさかとは思うが、ここまで無謀な行動に出る気か、アルミナ王は。そんなことを想定しつつ問いかける。パイロはすでに剣に手を掛けていた。

「ご無礼をお許しください。しかし王が、このままお帰りいただくわけにはいかぬと」

「それはどういうことかな？　このまま僕を幽閉すると？」

「とんでもございません！　むしろ逆に、謝罪がしたいのです」

「謝罪？」

「はい、謁見ではフェルド様たちの都合を汲《く》めずに無礼な行為をしてしまった、ぜひ償《つぐな》いをしたいので、しばしアルミナに留まっていただきたいとの国王様のお達しです」

「……ふむ」

これは建前だ。償いという形で僕らをアルミナに留まらせ、何かを企《たくら》んでいるに違いない。暗殺……とまではいかないだろうが……いくつか想像はつく。とにかく僕らを、しばらく軟禁するつもりなのだ。

断るのは難しい。国王から直々の謝罪だ、断ったりしたらこちらが無礼になる。他国からの印象もよくないだろう。

「承知した。案内してもらおうか」

「ありがとうございます！　護衛の方もぜひ一緒にどうぞ」

「……ええ」

パイロもまとめて、か。仕方がない。ここは素直に従おう。それにしても急にやり口が巧妙だ、きっとあの国王の計画ではない。別に、考えた者がいる……おそらくは大臣の誰か……あの子か。

僕たちは兵士に囲まれながら歩き始めた。その途中、パイロと小声で話をした。

「アルミナの動きは想像より早かったね」

「ええ……しかしこれでこそ、準備をした甲斐がありました」

「ああ、手は打ってある。彼女たちには負担をかけることになるけど……」

なんとしても。

ジュリーナだけは、守らなくてはならない。

◆◆◆

「できた！」

私は書き上げた文章を、テーブルの向こうのキセノさんに見せた。

「拝見いたします。ふむふむ……たいへんよく書けていますね。ですが数点だけ指摘がございます」

「あれっどこですか？」

「こちらの文字はこちらが正しく、こちらは大きさが異なります。こちらは文法上別の文字にするのが正しく……」

「う、うーんなるほどぉ」

キセノさんに言われたことをメモしていく。

就寝直前の時間帯。私は寝る前に、読み書きの勉強をキセノさんに見てもらっていた。王族つきのメイドであるキセノさんは相応の学があり、読み書きを教えることができるのだ。

逆に私は孤児院で簡単な読み書きは学んだが、大きくなってからは聖女の訓練と仕事にかまけ勉強の機会もなくなり、ある程度レベルが上がるとかなり怪しい。特に書ける文字はかなり限られている。それで勉強をしていたのだ。

「勉強になりました！　ありがとうございます、キセノさん」

「お力になれたなら幸いです」

おそらく私の勉強は子供レベルだけど、キセノさんは嫌な顔ひとつせず教えてくれた。

「うーん先はまだ長そうですね。ちゃんとした読み書きができるのはいつになるやら」

「努力家のジュリーナ様なら、すぐに上達なさいますよ」

「褒め上手ですね～キセノさん。でも早く、フェルドに追い付けるようにならないと……！」

私が勉強を始めたのは時間に余裕があったのと、少しでも学を身につけて、フェルドを手伝えるようになればいいなと考えてのことだ。

「フェルドと一緒にいる私があんまりにもポンコツだと、フェルドが恥をかいちゃいますもんね！　がんばらないと」

「そういったことはご心配には及ばないとは思いますが……フェルド様がジュリーナ様の努力を知ったら、きっと喜ばれることでしょうね」

「えへへ、そうですか？　フェルドが戻ってくるまでに手紙ぐらいは書けるようにして、驚かせたいですね」

「ふふふ、楽しみですね」

そういったところで。

「ふぁ……」

「お疲れのようです、そろそろ休まれてはいかがでしょうか」

「はい……そうします」

さすがに眠くなってきたので眠ることにした。

「そういえばフェルド、いつ戻ってくるんでしょう……？」

「そうですね、予定では本日が式典ですので、その後すぐに馬車を出したとしても、早くて明日の夜頃でしょうか」

うーん、遠いなあ。早くフェルドに会いたい……

「ふぁ～……」

というより今は眠い。

今日はもう寝ることにしよう。

「それではわたくしはこれで。おやすみなさいませ」

「おやすみなさい、キセノさん……クル、寝るよー」

『キュ～』

フェルド、早く戻ってこないかなあ。

そんなことを思いつつ、私は眠りにつくのだった。

◆◆◆

深夜。

ジュリーナの部屋のベッドでは、彼女がすやすやと眠っていた。枕元に用意されたサイドテーブル、その上に用意されたスペースではクルも専用のクッションの上でくうくうと寝息を立てる。

またその隣には、『紅の宝玉』のネックレスも置かれていた。

その顔を覗き込む者がいた。黒い布をまとった男が２人。招かれざる客であるのは、誰の目にも明らかだった。

「間違いない……ジュリーナ・コランダムだ」

「明らかに国賓《こくひん》レベルの待遇……本当にオーソクレースと内通していたのか」

男たちは小さな声でやりとりする。

「どうする？　薬で眠らせるか？」

「いや、薬は効力の調整が厄介だ。聖女とはいえ魔術師ってわけじゃない、猿轡《さるぐつわ》をかませて手足を縛れば十分だろう」

男たちはロープを取り出す。最初から目的はジュリーナだ。

「手早くやるぞ」

そして寝息を立てるジュリーナへと腕を伸ばす……

突如として、その腕が掴まれた。

「そこまでです」

女の声が闇から聞こえた。

「なっ……があっ⁉」

男が驚く間もなく、掴まれた腕が捩り上げられ、ゴキゴキという関節が歪む音がした。

「な、何者……おごっ……⁉」

もう1人の方は動揺の隙を突かれ、股間に蹴りを入れられた。音を立てぬよう軽装だったのが災いし、急所への一撃をもろに喰らってしまった男はその場に崩れ落ちる。

「ば、馬鹿な、見張りだと⁉」

「ぐぉ……そ、そんな気配はどこにも……」

「ええ、人の気配を察せられぬよう、私1人で警護をしておりましたので」

「貴様……！」

男たちもなんとか辺りを見渡し、闇の中の人物の姿を捉える。そこにいたのは。

「め、メイドだと⁉」

メイド、キセノは男たちに対し一礼をした。

「僭越ながらわたくし……気配を消し潜む術には一日の長があります。そして力こそ兄に遠く及びませんが……」

一礼の後、キセノは構えを取る。体を斜めにし、急所を隠すようにしつつわずかに腰を下ろし

た構え。

「人間を相手するならば、兄にも劣らぬと自負しております」

その眼光は、標的を確実にとらえていた。

「ぐっ……！　小癪な！」

「所詮は女1人！　頭数なら有利だ、一気に行くぞ！」

「おおっ！」

男たちはキセノへと飛び掛かり……そして。

◆◆◆

「こうなったんですか」

私がキセノさんに起こされた時にはすでに。

目を回した男たちが、ロープによって両腕を固定され、転がされていた。

自分の横で大事件が起きているにもかかわらず、完全にぐーすか寝ていた私は、いきなり起こされ部屋の明かりをつけられたかと思うとこの光景が待っていて、本当に驚いたものだ。

「お騒がせして申し訳ありません」

「あ、いえいえそんな……あの、本当にこの人たち、キセノさんがやっつけたんですか……？」

いつものメイド服でいつもの丁寧なお辞儀をするキセノさん。それが、大の男2人を相手にして片付けてしまったとは、にわかには信じがたいことだ。

「ジュリーナ様にはお話ししておりませんでしたが、わたくしは幼い頃より体術の手ほどきを受けておりまして……兄が騎士として国を支えるなら、わたくしめも負けてはいられません。メイド兼護衛として、相応の力と技術を培《つちか》って参った次第にございます」

キセノさんの兄、パイロは騎士団長、オーソクレース一の実力者。その妹であるキセノさんも実は強いというのは当然……かもしれない。

というより、一番の理由は兄妹揃ってのオーソクレースへの忠誠心の篤さゆえだろう。出発点は同じながら、兄は表、妹は裏の力として腕を磨き続けた。賞賛に値する忠誠心だ。兄に負けじと、と言う辺りは、兄妹ゆえの微笑ましい対抗心もあったのだろうけど。

「キセノさん、ひょっとして今までもずっと夜に私の護衛を？」

「いえ、あくまでメイドの仕事が主でありますので、申し訳ありませんがそこまでは……わたくしめも睡眠せねばなりませんので」

まあそれはそうか。でもじゃあ、どうして今日は？

「今夜に関しては、フェルド様の命によるものにございます」

「フェルドに？」

「はい。アルミナからの使者が到来し、その言動になにか不審な点を感じられたのでしょう。念のためにと、わたくしめにジュリーナ様の警護をお命じになられました」

「うーんさすがフェルド、抜け目ないなあ」

見事にその読みが当たり、こうして私の身は守られたというわけだ。もちろん守ってくれたキセノさんが一番の功労者だが、フェルドの判断もさすがだ。

キキセノさんたち兄妹の忠誠心もすごいが、その忠誠心もやはり仕える相手がいてこそなのだろう。フェルド、そしてその父親のオーソクレース国王に、この人のために力を尽くしたいと思わせる力があってこその2人の忠誠心。うーん素晴らしい。

「元より、わたくしにジュリーナ様のお世話を命じたのも、少なからずこのような状況を想定してのことだったのではないかと。フェルド様は、ジュリーナ様のことをとても大事に想っていらっしゃいますので……」

キセノさんはそう言って微笑んだ。なんだか照れる。

「で、ということはやっぱりこの人たち、アルミナの人なんでしょうか？」

「その可能性は極めて高いかと。ジュリーナ様はこの方々に見覚えはございませんか？」

「う、うーん、兵士とかにいたかもしれませんけど、さすがに1人1人の顔は覚えてないですね」

「たしかに、おっしゃる通りにございます。差し出がましいことを言って申し訳ありません」

「ああいえいえそんな」

アルミナからの使者が来た、その日の夜に襲撃に来た2人組。部屋の調度品や、サイドテーブルの『紅の宝玉』のネックレスにも目もくれずに私に手を出そうとしたのだから、十中八九アルミナの者だろう。

どうやって私がここにいることを特定したのかはまだわからないが……とにかく言えるのは。

これが、大変な事件ということだ。

◆◆◆

しばらくして。

「む、ぐ……ハッ⁉」

縛られた男たちの1人が目を覚ました。

目前に立つ私とキセノさんを見て敗北を察したのか、悔しそうに歯噛みしつつ私たちを睨んできた。

「ジュリーナ……豪勢な部屋でメイドに守られて、いい御身分だな」

「その手の悪態は聞き飽きました。それであなたたち、誰の命令で私を攫《さら》おうとしたんですか？」

「言わないならば相応の手段をとりますよ。兄やフェルド様には及びませんが、私にも『質問』にはそれなりの覚えがあります」

問いかけると男は、意外にも素直に白状した。

「フン、教えてやろう、我々はアルミナから来たんだ」

案の定とはいえ、すんなり吐いたのには驚いた。

「意外ですね。観念した、ということでしょうか？」

「いやな、お前に教えてやろうと思ってなあ。俺らがいったい、誰の命令でやってきたのか……」

男はニヤリと笑い、意外な人物の名前を口にした。

「俺らに命令したのはフェルド王子だ！」

「は？　フェルド？」

フェルドが？　アルミナの人間に？　私を攫えと命じた？

「……えーと、うまく理解できないんですけど」

「支離滅裂《しりめつれつ》な言動で煙《けむ》に巻こうという腹積もりですか？　たとえでまかせでもフェルド様への侮辱は看過いたしかねますよ」

「まあ聞け。フェルド王子は我がアルミナに来て、国王様と、聖女ハリル様と話をしたんだ。そしてようやく理解なさったんだよ……お前に騙されていたことにな！」

「え、私？」

「お前以外に誰がいるジュリーナ！　お前という悪女の所業を知り、次の獲物としてまんまと懐に入れてしまったことに気づいたフェルド王子は、これ以上お前の毒牙にかかるまいと我々に救援を要請したんだ！　お前の身柄を確保し、オーソクレースを悪女の魔の手から救え、とな！」

「……はあ」

「驚いて声も出まい……ククク！」

驚きより呆れが勝った。

フェルドがそんなこと言うはずがないだろう。怒りすら湧かない。あまりにも見え見えの嘘八百。

「え〜っと……嘘ですよね？」

「嘘だと思うならフェルド王子に確かめてみるがいいさ、もっとも王子がここに戻ってくるわけはないがな！」

「え〜？」

うーん、キセノさんの言った通り、適当なことを言ってこちらを混乱させようとしているだけなのかな。

「……そういうことですか」

と思っていたら、キセノさんは何かわかったようだ。

「どういうことです、キセノさん？」

「おそらくフェルド様は、アルミナで軟禁されていると思われます」

「軟禁⁉」

「そのうえでジュリーナ様を拉致《らち》する。成功すればよし、失敗してもフェルド様の命令だと言い張る。フェルド様と我々の連絡が断《た》たれているため、あからさまな嘘でも真偽の確認ができません」

「でも、ここまで露骨な嘘だと誰も信じないんじゃ……？」

「目的は騙すことではなく建前です。もしこれでオーソクレース側が真偽の確認のために使者を送った場合……」

「送った場合？」

「フェルド様と使者の両方を殺し、『フェルド様は裏切りを知り怒り狂ったジュリーナの手によって殺された』という筋書きを作る」

「ひえっ⁉」

いきなりおっかない話が飛び出た。キセノさんたら真顔で言うんだから。

「後はどうとでもできます。アルミナはフェルド様を匿《かくま》っていた責任があるので弔いとしてジュリーナ様を殺さねばならない、とでも言い出して要求するか、はたまた他国を巻き込みオーソクレースをジュリーナ様ごと悪者に仕立て上げるか……」

「そ、そんな無茶苦茶が通るんですか⁉」

「もちろん、論理として無理はあります。ですがアルミナほどの国ならば、多少無理でも通せてしまうでしょう。せいぜい周辺諸国には疑惑の目を向けられる程度、少なくともジュリーナ様の抹殺《まっさつ》という目的は果たすことができるはずです」

「お、おお……」

「ただしこれは、アルミナが何を捨て置いてもジュリーナ様を抹殺したいと考えている、という仮定が前提です。正直、アルミナがそこまでジュリーナ様に憎悪を向ける理由がわかりませんが
……事実こうして、強硬手段に出てこられましたからね」

難しい話だが……要はこの人たちが嘘をつくことで、嘘に嘘を重ねて、私を殺してしまおうと考えているということか。しかもフェルドを利用して！

「そんなの許しませんよ！　なんで誘拐されかけたこっちが困らなくちゃいけないんですか！」

「おっしゃる通りですね。こんな計画を実現させるわけにはいきません」

「フン、だがどうする？　俺らを殺すか？　そうしたらアルミナの使者を無情にも始末したことで、悪女ジュリーナの正体が周辺国にも知れ渡ることになるだろうけどなあ！」

「ぐぬぬ……！」

したり顔のアルミナの男、手の平の上で踊らされているようでもどかしい。でもいったいどうすればいいんだろう？

「と、とりあえずオーソクレースの国王様に相談して……ああでも下手に動くとフェルドの身が危ういんだっけ？」

私がぐるぐる考えていると。

「ジュリーナ様、ご心配なく」

と、キセノさんが言った。

「この状況を、フェルド様は想定しておりました」

「えっ？」

「なにぃ……？」

その言葉に私だけでなく、アルミナの男も反応する。

「フェルド様はすでに手は打っておられます。わたくしがこうしてジュリーナ様をお守りしていたのが、その証拠」

「あ、たしかに！」

「だ、だが！　結局フェルドはアルミナにいる、どう策を講じようと……」

その時だった。

コンコン、と部屋をノックする音。

「え？　あ、どうぞ」

王宮の人が騒ぎを聞きつけたのかな？　などと考えつつ、半《なか》ば反射的に返事をする。

そしてドアを開け、入ってきたのは。

「失礼するよ」

アルミナにいるはずの、当のフェルドだった。

「僕が……なんだって？」

「フェ、フェルド!?」

「バカな!?」

「ジュリーナ、怪我はないかい？」

「あ、はい、大丈夫です。なんなら何も気づかず寝てました。キセノさんのおかげで」

「そうか、キセノもありがとう、ジュリーナを守ってくれて」

「当然のことをしたまでです」

　私を気遣いキセノさんを労うフェルド。そんな彼を信じられないものを見る目でアルミナの男は見ていた。

「バ、バ、バカな⁉　お、お前はアルミナに囚《とら》われているはず……我々がアルミナを発《た》つまでは間違いなく……！　ま、万が一脱したとて、アルミナからオーソクレースまではどんなに急いでも1日はかかるはずだ！　密かに脱出し優秀な馬を用意し、魔物を退けてここまで来たというのか？　ありえない、さては影か⁉」

「……やはりそういう算段か。戻ってこれてよかったよ」

　わめく男を言葉だけでフェルドはキセノさんが言ったようなアルミナの計画を察したらしい。

　うーんさすが。

「そうだフェルド、フェルドこそ大丈夫なんですか？　フェルドを閉じ込めて、しかも何か下手したら殺すかもってキセノさんが」

「場合によってはそうだったろうね。でも大丈夫、そのために手は打ってあったんだ。といっても単純なものだし、僕がどうというより……彼女の手柄だ」

「彼女？」

　そうしてフェルドが窓に目を向ける。窓に何かあるのかと私も見た、月光で少し照らされた外の景色が見え……

　ドラゴンの目が、ぎょろりと覗いた。

『貴様らか……ジュリーナに手を出そうとした愚か者は‼』

「サッちゃん！」

ドラゴンに戻ったサッちゃんが外にいた。特有の頭に直接響く声には、怒りの色が混ざっていた。

「ひっ⁉　ま、ま、まさか……ドドドド、ドラゴン⁉」

アルミナの男がすくみ上った。

「喉笛を喰い破ってやろうか⁉」

「ひぃぃ⁉」

さらにサッちゃんは人間の姿になると、窓から飛び込んできて、男に詰め寄った。男は完全に恐怖してしまったようだ。

「なるほど！　そのためにサッちゃんを連れていったんですね」

実はフェルド、アルミナに行く時、パイロだけでなくサッちゃんも連れていったのだ。サッちゃんは馬車に乗るのもしばらくの間アルミナで待機するのも嫌がったが、後でご褒美をあげるからと、私も協力してなんとか説得した。

あの時はなんでそんなにサッちゃんを連れていきたがるんだろうと思ったけど……

「そう。まさかアルミナも、僕についてきたメイドの1人がドラゴンに変身して、窓から飛び出した僕を乗せてオーソクレースに戻るとは夢にも思わなかったろうね」

サッちゃんの飛ぶ速度は馬よりもずっと速い。それでアルミナの計算を狂わせたんだ。

「我がジュリーナと離れ、狭苦しい馬車で退屈する羽目になったのも、元をたどれば貴様らのせいというわけだ！　目玉をくりぬいてくれようか⁉」

「ひいいいいっ！」

怒りのサッちゃん。大変だったんだろうなあ。後で私からも労《ねぎら》ってあげないとね。

「パイロはアルミナに残っている。うまくごまかしてくれてるはずだ」

サッちゃんを連れていくという単純な手だけど、それでもフェルドは全て見越していたことに変わりはない。頼もしいなあ。

「でも、本気でここまで強引な手段を使ってくるとはね。アルミナ側のジュリーナへの憎悪は想像以上だ。無事でよかった……本当に」

「追放したんですから、もう放っといてほしいですよねえ。まったく！」

「命を狙われて、そのリアクションなのかい……？　でもこれで、アルミナの状況も踏まえて、背景が見えてきた」

フェルドは真剣な顔で言う。その目からは、静かな怒りを感じた。

「決着をつけに行かなくてはね」

私のために怒ってくれている……場違いとはわかりつつも、嬉しかった。

第五章　清算の時

アルミナ王国、王の私室。

「クソックソックソッ！　なぜだ、なぜこうなったのだ!?」

王が苛々《いらいら》しながら、その場をうろうろとしていた。

結界の弱体化は止まらず、結局王が差し出した『紅の宝玉』も焼け石に水。

「実に我が秘蔵の宝玉の３割を使ったというのに……！」

「たったあれぽっちの宝玉を誇らないでください。王ともあろうものがさもしいことこの上ない」

「なんだと!?」

部屋には王とハリルのみ。使用人たちは２人を恐れ理由をつけて出て行ってしまった。２人にとっても今は何を見ても腹立たしいのでそれでよかった。

「フン！　事ここに至っては、お主の聖女としての能力に疑問が湧く！　お主の力が足りぬからこうも宝玉が不足するのではないか!?」

「無礼な！　由緒《ゆいしょ》正しきアモルフィアー家のわたくしに向かって！」

「ならば、なぜこんな状況に陥っている!?　先代までは難なく結界を維持していたのだぞ!?」

「こちらが聞きたいくらいです！　なぜ国の要である『紅の宝玉』をあれっぽっちしか供給でき

ないのか、先代の王と違ってね！」

「言わせておけば……！　フン、こんなことならばまだ、あのジュリーナの方が……」

ジュリーナの名前を王が出した途端。

「黙れえッ‼」

激昂したハリルが、手にしていた扇をへし折った。

「ジュリーナ……ジュリーナジュリーナジュリーナジュリーナジュリーナジュリーナ、ジュリーナッ‼　あの女！　あの女が！　あの女が、わたくしの、わたくしのわたくしのわたくしのわたくしの……フェルド様をおおおお……ッ‼」

その剣幕に王もたじろぎ、それ以上追及できなかった。

「そう……そう、そうですわ国王様……すべてすべてすべて！　あの、あの女が悪いのです！　宝玉だってそう……きっと偽物にすり替えて持っていったに違いないのです！　卑しくも、フェルド様に取り入るために……‼」

「む！　なるほど、それならば説明はつくな……」

この期に及んでアルミナ王はジュリーナが悪である、すなわち自らの判断が正しかった理由を探している。それゆえあっさりと信じるのだ。これで何度目かもわからない、ハリルの嘘を。

だが今に至っては嘘というのも少し違う。ハリル自身、自分の言葉が嘘と思っていないのだから。

「ジュリーナッ‼　絶ッッッ対に許さない！　四肢《しし》を切り落とし、鼻を削《そ》ぎ目を抉《えぐ》り！　息をすることしかできない体にして！　死ぬまで！　使い潰してやるう……‼」

「う、うむ。いずれにせよ、奴の身柄さえ押さえればカタはつく……盗み出した宝玉も見つかるだろうしな」

ハリルが言うほど過激ではなくとも、それが計画だった。すなわちジュリーナを拉致し、監禁し、秘密裏《ひみつり》に聖女として働かせる。そうすればアルミナ王国は安泰だ、と。

切羽詰まった国の状況、そしてハリルとアルミナ王に共通する、ジュリーナへの憎悪。それが行き詰まった結果の邪悪な計画。

送り込んだ刺客《しかく》がそのままジュリーナを確保できればそれでよし。仮に失敗しても大国としての強さを使いオーソクレースを潰し、結果的にジュリーナを確保する。

アルミナも軍事的・政治的にダメージを負うこととなるが、それでもメリットが勝る……と。

「まだなの？　まだジュリーナを捕らえられないのですか⁉　ああ早く早く早く、フェルド様を、あの汚らしい悪魔から救い出してあげないとっ……！」

その計画が愛《いと》しのフェルドにも害をもたらすものであることを判断するだけの正気は、もはやハリルに残っていなかった。

その時だった。

「こ、国王様、ハリル様っ‼」

慌てた様子の兵士が部屋に飛び込んできた。ジュリーナを捕らえたか⁉　２人が一斉にそちらを向く。

だが兵士が息を切らしながら伝えたのは彼女らが期待しているものではなく。

「お、王宮前の広場に、た、大変な……大変なものが……！　と、とにかくいらっしゃってください、国中パニックです！」

破滅への、報《しら》せ。

◆◆◆

その日、アルミナ国民が見たのは。

王宮前広場上空に飛ぶ、巨大で雄々しい姿の、伝説の生物……ドラゴン。

誰もが空を見上げ、指差して叫ぶ。ドラゴンだ、ドラゴンだ、と。

ある者は逃げ惑《まど》う。食い殺される、焼き殺される、踏み潰される、と。

ある者は祈りを捧げる。偉大なる龍よ、お目にかかれて光栄です、と。

またある者は何も考えない。おおドラゴンだ、すごいなあ。でもなんで？　なんでだろ……と。

それは王も聖女も同じだ。王宮から飛び出て、それを見て、目を丸くする。

だがそれよりはるかに彼らを驚かせたのは、ドラゴンが広場に降り立った後。その背から現れたフェルドと。

彼に抱きかかえられた……ジュリーナの姿だった。

◆◆◆

サッちゃんの背中に乗って飛ぶのは猛スピードで、フェルドに支えられていなければ振り落とされるかと思った。風は気持ちよかったけど、それ以上にこんな高い場所に自分がいるというのが怖くて……知らない間にほとんどフェルドにしがみ付く形だった。

そのせいでアルミナに着いた後も、フェルドに抱きかかえられたまま降りることとなった。ちょっと恥ずかしいけど、まあいいか。

「よっ、と」

さすがにそのままというわけにもいかずフェルドに下ろしてもらって地面に降り立つ。懐かしのアルミナ……というほど思い入れはないけれど。

「大丈夫かい？」

「はい、平気です」

ちょっとくらくらしてたけど、地面に足をつけたら安心した。

「やっぱり安定した地面っていいですねー、初めて地面のよさがわかったかもしれません」

「そういう意味じゃなかったんだけど……ま、君らしいね」

はて？　フェルドの言葉に首を傾げた私だったが、すぐにそうもしていられなくなった。

「ジュリーナだ……」

「ジュリーナ・コランダム！」

「偽聖女だ！」

「なぜあいつがここに⁉」

「オーソクレースの王子、いやドラゴンと⁉」

いつの間にか周囲を取り囲んでいた群衆がやいのやいのと騒ぎ出す。サッちゃんはやっぱり目立ちすぎたみたいだ。ま、半分はそれが狙いだったんだけど。

「お前は追放されたはずだ！」

「何をしに戻ってきたこの売女め！」

「悪魔に喰われてしまえ！」

群衆は次々に私に罵声を浴びせてきた。やれやれ、変わらないなあ。

するとフェルドがそっと私を抱き寄せる。ああそっか、フェルドが気にしてたのはこっちか、とようやくその時思い至った。

「大丈夫ですよ。覚悟してここに来ました」

フェルドを安心させるように、私は笑った。

ここに来たのは私の意思。心無い言葉が浴びせられることも、追放された身で舞い戻ることのリスクも理解していた。でもこれ以上、私のためにフェルドやオーソクレースに迷惑をかけたくない。

決着をつける。その覚悟はフェルドも私も同じだ。だから一緒に、戦うんだ。

『やかましいぞ愚民ども！　今すぐ蹴散らされたいか⁉』

サッちゃんが怒鳴り声をあげると、群衆たちの声はピタリと収まった。

「どうどうサッちゃん、私は気にしてないから、ほどほどにねー」

『フン、ジュリーナがいなければ、この場で全員薙《な》ぎ払っていたところだ』

サッちゃんの声に群衆たちが恐れおののいている。ちょっといい気味。これぐらいがちょうどいいだろう。

そしてその時、見覚えのある顔が、王宮の方から現れた。

「バカな、あれはドラゴン……それに……まさか！　ジュリーナ⁉　なぜ貴様が！」

アルミナ国王。真っ先に私を見つけてがなり声。ああほんと、この顔だけはどうしてもムカつく。

「ジュリーナ……ッ！」

その隣で私を睨む、妙に豪華な服装の女性。ああ、この人が私の後任聖女のハリルさんか。

『紅の宝玉』めちゃくちゃつけてるなあ。

「こ、こ、こ、これはどういうことだフェルド王子⁉　ど、ドラゴンなど引き連れて……そ、それに、どうして外に出ている⁉　お主は我が兵士が見張って……い、いやそれよりもだ！　追放された大罪人ジュリーナを、なぜここへ連れてきた⁉　罪に罪を重ねるつもりか⁉」

「いいえ……いいえ違うわ！　フェルド様はようやく目が覚めて、ジュリーナを私たちに差し出しに来たのよ！　そうでしょう⁉　そうだと言って、フェルド様！」

２人は私に関してあーだこーだ叫んでいる。ドラゴンのサッちゃんを差し置いて私に夢中だ、人気者は辛いなあ……なんておどけている場合ではない。

私も負けじと２人を睨み返した。フェルドに支えられながら。

決着をつける時だ。フェルド、お願い。

「まずは、届け物です」

「届け物？」

「ええ……こちらへ」

フェルドが合図をすると、サッちゃんの背から一緒に来ていたキセノさんも飛び降りる。その両腕には、縄で縛った男たち、私を拉致しようとしたアルミナの者らが抱えられていた。

「なっ……!?」

「コナハ・ダーテン、ザング・ソーロン、トチーク・カック。以上３名、お返しいたします」

「ぐっ……」

フェルドが３人の名前を読み上げたことで、アルミナ国王も言い逃れは不可能だと悟ったようだ。ちなみに３人から情報を聞き出す際にはサッちゃんが手伝ってくれた。普通ドラゴンってやっぱり怖いみたい。

「この者たちはオーソクレース王城へと侵入、我が国の客人であるジュリーナ・コランダムに危害を加えようとしたため、拘束いたしました。３名はそれが国王様による指示だと供述していますが、いかがですか？」

フェルドが鋭い目つきでアルミナ国王へと問いかける。本来のアルミナの計画なら3人には拉致がフェルドの指示だと嘘をつかせ、それで私やオーソクレース、他国を騙す計画だ。

フェルド自身が彼らを連れてきたことで、経緯は分からずとも計画の破綻《はたん》が王に伝わったはず。王様の命令だと言った、とフェルドが嘘の指摘をしたのは、フェルド曰くアルミナ国王を脅すためなんだとか。

お前の悪だくみは知っているぞ、と。

「ぐ……ぬ……」

答えに詰まるアルミナ国王。しらばっくれるかもしれないと私は思ったが、フェルドが言うにはそれはないだろうと。

なぜならアルミナ国王は王としての威厳を振りかざすことで国を維持するタイプの王、私のような罪人ならともかく、国に尽くし働く者たちを見捨てるのはそのプライドが許さない……んだとか。

「ああそうだ！　私が指示した！　ジュリーナ・コランダムを確保せよ、とな！」

フェルドの予想通りに王は認めた。さすが。

国王が認めたことにより群衆たちがざわついた。が、それに負けじとアルミナ国王は声を張り上げる。

「だがそれは当然のこと！　なぜならそのジュリーナは、聖女の力を偽って我が国を混乱に陥れただけでなく、その間に宝玉を偽物とすり替え持ち出した疑惑がかけられているからだ！　それを確かめるために身柄を確保しようとしたまでのことよ」

「我々の王城に無断で侵入してまで、ですか？」

「ぐ……そう、そこだ！　そもそもフェルド王子、お主らオーソクレースは、ジュリーナと内通しているのではないか⁉」

苦し紛《まぎ》れにアルミナ国王はとんでもないことを言い始めた。

「思えば最初からそうだ！　たかだか一介の孤児が、ここまで国の中枢を揺るがす事件を起こせるはずがない！　最初からお主らオーソクレースとジュリーナは繋がっており、結託して我が国の宝たる『紅の宝玉』を簒奪《さんだつ》せんと企てておったのだろう！　そうであろう⁉」

すごい、と私は思った。

フェルドの予想通りだ。アルミナ国王は拉致計画を認めた勢いで、オーソクレースに内通疑惑をかけてくるだろう……と。

フェルドがさりげなく言葉で誘導していたのもあるだろうが、ここまで思い通りに動くとは。

「私は貴様らの悪事を暴くべく当然の命令を下したまで！　さあ、その者たちを引き渡し、とっとと去るがよい！　いや違う、大罪人ジュリーナを置いていけ！　それがお主らの悪事の贖《あがな》いよ！」

「そう、そうですわ、フェルド様！　いい加減に目を覚ましてください！　そんな下等な女に騙されないで‼」

王と、隣のハリルが叫ぶ。群衆たちも同調してわーわー言っているが、サッちゃんが圧をかけてくれているおかげで、そこまでうるさくはなかった。

　内通疑惑はもちろん事実ではないし、色々と理屈が通らない点はある。だがそれを指摘しても何かと理由をつけて押し通そうとするだろう、とフェルドは言っていた。

　だから別方向から攻めると。

「アルミナ国王。ジュリーナが僕らと内通し『紅の宝玉』を持ち出した……そう考えていらっしゃるのですね？」

「そうだと言っておる！　だから早く……」

「そして、そうあなたが考える根拠は、今このアルミナが陥っている『紅の宝玉』の不足に端を発している。違いますか？」

「ぐっ、その通りだ！　ジュリーナの、貴様らのせいで我が国は……」

「ではその『紅の宝玉』不足に別の原因があり、僕がそれを解決する方法を教えられる……と言ったら？」

「な、なにぃ……!?」

　フェルドは動じず、王を真っ直ぐに見据えていた。

「あなたも薄々感じていたはずだ、単にジュリーナだけのせいにするには状況に無理があると。それは他に『紅の宝玉』不足の原因があるからなのです」

「何をバカな……そんなことを言ってまでその女をかばいたいか!?」

　私憎しでアルミナ国王の目は曇っている。信じたいことしか信じないようになっている。

でもだからこそ。

「話してみろ。『紅の宝玉』の枯渇の原因、その解決策とやら！」

『紅の宝玉』不足の解決という都合のいいことは、聞かずにはいられない。フェルドの読み通り、フェルドのペースだ。

「ではお教えしましょう。『紅の宝玉』不足の原因、それは」

フェルドはそう言ってゆっくりと腕を持ち上げ……

王の隣にいる、ハリルを指差した。

「そこにいる、ハリル・グレース・アモルフィアー。彼女に原因があるのです」

「なにぃ？」

「フェ、フェルド様……？　なにを、なにをおっしゃってっ……や、やはりジュリーナにたぶらかされっ」

「まずは聞いていただこう。反論はその後に」

そうしてフェルドは語り始めた。

『紅の宝玉』に関する、驚きの真実を。

◆◆◆

かつて『紅の宝玉』は『紅の魔石』と呼ばれていた。

自然魔力の結晶体であるそれは、瘴気の少ない環境下ならば定期的に採取が可能なものであり、ごくありふれたものであった。

また魔力の塊とはいえ、すでに安定してしまっている魔石から魔力を取り出したりして利用するには、相応の技術が必要であり利用は困難。

それゆえ見た目こそ綺麗であるが、ごく安価で取引されるものだった。

アルミナ王国が国防の結界にその石を利用し始めたのも、供給が容易であるというのも理由のひとつだっただろう。

結界により瘴気を取り除けば『紅の魔石』はますます採取しやすいものとなり、その好循環もあって、アルミナ王国は結界と共に栄えていった。


だが、それを利用しようと考えた者がいた。

商人であった男は大量の魔石を溜め込んだ上でこう喧伝《けんでん》した。この赤の輝きはアルミナ国を支える至宝だ。単なる魔石ではない、宝玉だ……『紅の宝玉』だ、と。すなわち魔石を宝石だと囃し立てることで、その価値を上げ、大儲けしようと企てた。

そしてそれに便乗した者がいた。ほかならぬ、当時のアルミナ王家だ。国を支える魔石を特別な宝玉とすることで、アルミナ王国に箔をつけ、国の威光を高めようと考えてのことだった。無論、結界のために大量に蓄えた魔石の価値を上げ、財へと変えてしまおうという目論見もあった。

購入金も上がることになるが、アルミナ領内ならばいくらでも採取ができるゆえ問題はない、そう考えていた。

国家をも抱き込んだことでその企ては見事に成功し、その内に魔石は『紅の宝玉』とのみ呼ばれるようになり、宝石として、その価値を高めていった。

アルミナ王家は国の威光を高めると共にさらに財を成した。商人もまた莫大な富を得て、次第に領主へと成りあがり、やがて国への貢献もあって叙勲を受け貴族へと取り立てられることとなった。

その一族の名は……アモルフィアー家。

◆◆◆

「……そう。ハリル・グレース・アモルフィアー、君の一族だ」

フェルドの説明に、私は驚いていた。『紅の宝玉』が昔はただの魔石扱いだったなんて。そういえば『蒼の魔石』の時に言っていたな、宝石とは結局、人が決定するものだ、と。

「バカな……『紅の宝玉』が、元はただの魔石として扱われていただと？　世迷言《よまいごと》を抜かすな！　そんな記録、我が国のどこにもない！」

「でしょうね、国の威光をより高めるために、当時のアルミナ王家が『紅の魔石』としての記録をほとんど処分したと聞いておりますから。我が国でもごく一部の文献にのみ残っている事実です」

「そんなもの、真実とは限らんではないか！」

「『紅の魔石』についてはたしかに情報不足かもしれません。ですがアモルフィアー家のルーツに関しては必ず記録が残っているはずです、違いますか？」

「ぐ、た、たしかにアモルフィアー家は、『紅の宝玉』の売買によって財を成したと……ハ、ハリル、どうなのだ⁉」

　王の問いかけにハリルは応えなかった。代わりに、

「ああ、フェルド様、我がアモルフィアー家についてそこまでご存知だったなんて！　わたくしを想って調べてくださったんでしょう？　うふふふふふふふふっ」

　と、恍惚《こうこつ》の表情を浮かべていた。

「……この反応は肯定と見ていいでしょう」

「む、ぐ……」

　不安定なハリルの感情に戸惑いつつも、アルミナ国王も異論はなさそうだった。どうもあの人、情緒不安定なような……？

「アモルフィアー家は現代でも有力な貴族です。それは積み上げた財があるがゆえであり……その財とはつまり、『紅の宝玉』の売買によって成されたものだ」

　フェルドはハリルを指差し、言った。

「単刀直入にお聞きしよう。ハリル、君らアモルフィアー家は、相当量の『紅の宝玉』を蓄えているんじゃないか？」

「なに⁉」

『紅の宝玉』が不足し、実害が出るほど結界が弱まっているアルミナ王国。その状況下で『紅の宝玉』を隠し持つなど考えづらいが……

「質問の意味がよくわかりませんわね……もちろん、所有しておりますとも！　貯蔵庫いっぱいに、我がアモルフィアー家自慢の『紅の宝玉』を！」

あっさりとハリルは答えた。これにはアルミナ国王も、目を丸くして驚いていた。

「なにせ『紅の宝玉』こそが我がアモルフィアー家の宝、誇りであり、魂なのです。それを易々と明け渡せるわけありませんもの。それが何か……？」

言い切るハリルの顔に、悪いことをしているという意識はまったくなかった。本気でなぜ今こんなことを聞かれているのかわからない、という顔をしていた。

「それだけじゃない、現在アルミナ王国に持ち込まれる『紅の宝玉』の売買も、大本でアモルフィアー家が管理しているはずだ。その際に、相当量をアモルフィアー家の所有として接収している……違うかい？」

「もちろんですわ。なにせアモルフィアー家は『紅の宝玉』の管理を任されている一族ですもの」

あっけらかんと言うハリルに、アルミナ国王は信じられないものを見る目で見ていた。国王だけでなく、その場にいるアルミナ国民全員がハリルを見ていた。

「ハ、ハ、ハリル……『紅の宝玉』の枯渇《こかつ》を知っておいて、お主……！」

「は？　我が家の『紅の宝玉』は由緒正しきアモルフィアー家を支える特別なもの、結界などに使うものとは別です。まさか領内の庶民風情《ふぜい》を守るために我がアモルフィアー家の宝玉を消費しろと⁉　ありえません！」

「まさか！　ジュリーナが聖女だった頃からも……⁉」

「当然ではないですか！　我がアモルフィアー家の宝玉に、あの下民女の汚らしい手が触れると思っただけで寒気がします！　相当量の宝玉を、ジュリーナの魔の手から守っておりましたわ」

「な、な、な……」

アルミナ国王はめまいを起こしたようだった。無理もないだろう、『紅の宝玉』の不足に関して何かしら私以外の原因があるとは思っていたが、まさかここまでとは私も思ってもみなかった。国王も同じだろう、想像すらできなかったので、今日まで明らかにならなかったに違いない。とはいえ、王の迂闊さの方も信じがたいものだが。

「これでお分かりでしょう。あなた方の言う、私欲のために『紅の宝玉』を貯め込み、国を危機に陥れた、強欲女とやらが……本当は誰なのかを」

「ぐ、む、む……」

アルミナ国王、そして、一連のやり取りを見ていた群衆の目がハリルへと向けられている。疑惑、困惑、そして怒りの目が。

「は？」

その時になってハリルもようやく自分が置かれている状況を察したらしい。辺りを見渡し、そして、逆に怒り出した。

「は？　は？　は？　はあ～～～～っ⁉　何をおっしゃっているのかま～ったくわかりません！　いいですか、わたくしはハリル・グレース・アモルフィアー、由緒正しきアモルフィアー家の人間です！　アモルフィアーの者が『紅の宝玉』を管理するのは当然のこと！　それを、あ、あの女がしたようなことと同類扱いなど……‼　無礼です、無礼極まります、いや無礼極まりないっ！　ましてや今、わたくしは宝石の聖女なのですよ⁉　聖女なのだからいくらでも宝玉をっ……そう、そうです、そうなのですっ‼」

突然、ハリルが駆けだした。フェルドへと一直線に迫ってくる。サッちゃん、そしてキセノさんが警戒の色を見せるが、お構いなしに真っ直ぐに。

「フェルド様！　わたくしが宝石の聖女、わたくしこそ聖女なのです！　その汚らわしい女など捨てて！　わたくしの！　わたくしのものに！　わたくしのものになりなさっ……」

「そこまでです」

そこへ、どこからか現れたパイロが割り込んだ。その体を受け止めフェルドに近づけまいとする。後で聞いた話だと、不意の事態に備えて待機していたそうだ。

「離しなさい無礼者！　わたくしを誰だと思っているの⁉　聖女、聖女、聖女なのよ⁉」

半狂乱の叫び声。目が血走っていた。

「フェルド様‼　いい加減に、わたくしのもとへ！　さあさあさあさあ、さあっ‼」

なおもフェルドへと手を伸ばす彼女に対し、フェルドは。

「……なるほど、それが動機だったか」

何かを察したのか、ため息をついた。

「あんたもよ、ジュリーナッ‼」

「へっ、私⁉」

突然、その矛先が私に向いた。あまりの剣幕に飛び上がりそうになった。

「いつまで我が物顔でフェルド様のそばの空気を汚しているつもり⁉　さっさと身の程を知って離れなさい！　いいえこの場で死になさい！　いいえいいえその前に地べたに這《は》いつくばってわたくしに謝って！　謝れ！　謝れェッ‼」

「ひいっ」

物凄い怒号だ。ここまで強烈なものは孤児院時代でも受けたことがない。本気で私のことを憎悪しているようだ。

「ご、ごめんなさいっ！　えっと……」

なので勢いで謝ってしまっていた。が、そこで大事なことに気づく。

「すみません、お名前、なんでしたっけ……？」

名前をド忘れしてしまったのだ。さっきまで確かに覚えていたのに。いやでも元々、あまり深く覚えていなかったかもしれない。なにせフェルドから聞いただけの名前だし……。

「……は？」

後任聖女の人はそれを聞いて動きを止めた。驚きすぎて声も出ない、といった様子だった。

「す、す、すみませんっ！」

さすがに失礼だ。慌てて頭を下げる。

でも正直なところ、同じ聖女候補だったのでなんとなく顔を見たことがある気はするものの、貴族は私のような孤児上がりを相手にしてくれないので、おそらく会話をしたこともない。

ましてアルミナ国王ならともかく彼女から私に何かしてきたわけでないし……正直、印象が薄いのだ。

「おぼえて……ない？　わたくしを？　は？　え？」

「ご、ごめんなさい……」

「わたくしはこんなに！　お前が……お前……お前お前お前、お前ええええええっ‼」

「ひいいっ」

彼女は今にも噛みついてきそうな勢いで再始動した。パイロがなんとか押さえているものの、怒りのあまり相当な力が出ているのかパイロでも少し苦戦していた。

と、その時。

『キユーッ！』

「あっ、クル⁉」

私の服からクルが飛び出してしまった。そのまま地面に立ったクルは、彼女の前に来ると、

『キユキユキユーッ‼』

と、彼女の前で声を上げた。体を大きく見せるようにして立って、まさか威嚇《いかく》しているのだろ

うか。ひょっとして私を守るために？　でもあまりにもかわい、もといか弱すぎる！

「ダメよクル、危ないから戻って！」

私は咄嗟にそう叫んだ。このままじゃ踏みつぶされちゃうかもしれない！

が……様子がおかしい。

「お、おいあれ……」

「まさか……カーバンクル……⁉」

「ジュリーナを守っているのか……？」

クルを見た途端、周囲がざわつき始める。

「カーバンクルだと⁉」

アルミナ国王も仰天《ぎょうてん》している様子だった。そしてさらに。

「あ……あ……あ……あ……‼」

あの聖女の人もクルを、信じられないものを見る目で見ていた。

「え？　な、なんで……？」

カーバンクルは希少な動物だとは知っていたが、それだけにしては皆のリアクションが妙だ。

私が困惑していると。

「ジュリーナ、まさか君、知らなかったのか？」

「え？　何をですか？」

「カーバンクルは聖なる魔力を持ち、額に魔石、つまり宝玉を宿す聖獣。ゆえにそれは、宝玉によって国を守っているアルミナにとって象徴的なものであり……」

そしてフェルドは、驚きの事実を教えてくれた。

「アルミナの国旗には、カーバンクルが描かれているんだよ。アルミナにとってカーバンクルは国の象徴とも呼ぶべきものだ」

「えっあれ、カーバンクルだったんですか⁉」

たしかにアルミナの国旗は覚えているが、まったくかわいくない、何か形容し難い動物が描かれていた記憶しかない。たしかに言われてみればカーバンクルに見える、かも。

「まあ伝統的なデザインは誇張と省略で本物とは似ないことは多いよね。あとそうだ、宝玉を重んじるアルミナ王国の中でも特に宝玉と縁の強いアモルフィアー家も無関係ではない。貴族としての象徴、その魂とも呼べるアモルフィアー家の紋章にも、カーバンクルが描かれているんだ」

「へー……あ、それよりもクル！　私は大丈夫だから、戻っておいで！」

『キュ？　キュ～』

向かってきていた女性の勢いが収まったのもあるだろう、クルは大人しく戻ってきてくれた。

「おーよしよし、私を守ろうとしてくれたの？」

『キュッ』

「うふふ、ありがとうね」

手の甲に乗せていつものようにじゃれ合う。私にとっては当たり前の所作だが、それを見た周りには違ったらしい。

「カーバンクルが……あんなに、懐いて……」

「あ、ああ、やはり……本物の聖女は……！」

「バカな……ありえない……バカな……」

群衆、そしてアルミナ国王が何やら項垂れている。カーバンクルが、偽物の聖女であるはずの私に懐いてるのが本当に信じられないようだ。

あれだけ意固地だったアルミナの人たちの態度がクルを見ただけでこうも変わるなんて、なんか納得いかないけど。

「ま、お手柄ね、クル？」

『キュ～』

クルのおかげで、なんだかよい展開になりそうだ。

「……嘘よ……嘘よ、嘘よ！　わたくしは認めない！　そんな小動物、偽物に決まってる！」

だが例外もあった、例の彼女だ。我を取り戻すと、なおも私を睨み、強い言葉をぶつけてきた。

「あ、あ、あんたみたいな下民女が！　アモルフィアー家が長年邂逅《かいこう》すらできなかったカーバンクルを……ありえないありえないありえないっ‼　も、もし本物だというなら、それはあんたなんかには相応しくない！　わたくしが持つべきものよ！　わたくしが！　アモルフィアーがっ‼

寄こしなさい、よこせえええええっ‼」

また迫ってきてパイロに止められている。狂気を感じた。

「ハリル。やはり君か。ジュリーナに対し、異常な憎悪を燃やしていたのは」

フェルドの言葉でやっと思い出した、そうだそうだ、ハリルだハリル。

「やたらと聖女を強調するところを見ると……うん。じゃあもう、はっきり言っておこう。僕も我慢の限界だしね」

フェルドは真っ直ぐにハリルを見つめる。

「フェルド様！　その女！　その女を殺して、すぐっ‼」

なおも私への憎悪を燃やすハリルに対し、フェルドは。

「僕は君のことが嫌いだ。アモルフィアー家の罪を体現したかのような君が……聖女の名ばかりに執着《しゅうちゃく》し、そのなんたるかをまるで理解していない君が……」

「……え……」

「大嫌いだ」

フェルドはそう、言い切った。

「あ……う……」

ハリルの動きが止まった。わずかに震えた後、だらりと脱力し、その場に崩れ落ちる。パイロも一旦離れ、フェルドを守るようにしつつ後退した。

「嫌い……わたくしが？　わたくしを？　拒絶……？　この、わたくしを？　ハリル・グレース・アモルフィアーを……？」

頭を抱え、ぶつぶつと何か言っているハリル。

「君は聖女になれさえすれば僕を手中に収められると思ったようだけど……とんだ勘違いだ。諦めてくれ。そしてもう二度と、僕たちに関わらないでほしい」

「ありえない……ありえないありえないありえないありえない……ありえない‼　なぜ？　なぜ？　なぜ？

なぜ？　なぜ⁉」

壊れた玩具《おもちゃ》のように同じ言葉を繰り返すハリル。そして。

「じゃあ……もう……死んでよ！！！！！」

鬼の形相《ぎょうそう》で、吠え始めた。

「お前も！　そこの偽聖女も！　役立たずの国王も！　能無しの愚民どももッ‼　全員死んで！

死ね！　死ね‼　しねしね死ねしね死ねッ！　シィ～～～～～ネェ～～～～～ッ！！！！」

聞くに堪えない罵詈雑言。パイロに押さえられながら、それこそ獣のように吠えたてる。怖い
と同時に、どこか憐《あわ》れだった。

「何やってるの兵士たち⁉　とっととコイツラをとっ捕まえるの早くして‼　どこまで無能なわ
け⁉　わたくしが！　わたくしが命令してるのよ⁉　ハリルが！　聖女のわたくしがあッ‼」

ハリルがどれだけ声を上げても、当然兵士たちは動かない。

「ああもうもうもうッ‼　無能！　無能無能無能無能無能ムノウッ！！！　兵士
じゃなくていい！　国民どもも何をぼさっと突っ立ってるの⁉　わたくしのために！　聖女のた
めに動きなさいッ！　こいつを引っぺがして殺しなさい！　殺せ！　全員ッ！　早く早くは～や
～く～ッ‼」

なおも狂った声を上げ続けるハリルに、周囲がざわつき始める。そして誰ともなく、声が上が

った。

「ふざけるなあ！」

「なにが聖女だ！」

「今まで俺たちを騙しやがって！」

「お前なんか聖女じゃない！」

「この国から出ていけえ！」

ひとつの声を皮切りに、次々に怒声がハリルへと浴びせかけられた。私はそれを、どこか冷ややかな気持ちで眺めていた。

「ハア!?　ハア!?　ハ～～～～ア～～～～～ッ!?　あ、あ、あ、あんたらが！　あんたらなんかがこのワタッ、ワタア!!」

そこからのハリルの声はもはや人語の体を成していなかった。獣のごとく喚《わめ》き散らすハリル、調子づいて怒声を上げ続ける群衆たち。

フェルドの腕に抱かれながら、あらためて思った。こんな国、追放されてよかった、と……。

◆◆◆

狂乱のハリルが兵士たちに連れていかれた後。

「国王。これからどうされるおつもりで？」

あまりの事態に半ば放心状態だったアルミナ国王に、フェルドが問いかけた。

「む、あ、ああ、ひとまずハリルに関して、何かしら他の企てがあるだろう。アモルフィアー家含めて調査の上、場合によっては追放を……」

「そういうことを聞いているのではありません。ジュリーナのことです。まだジュリーナを、大罪人として追いますか？」

「む、ぐ……」

そう、結局はその話だ。これ以上アルミナからの刺客に狙われるのは困る。今日はその決着をつけに来たのだ。

「……たしかに、ジュリーナが欲望のために『紅の宝玉』を溜め込んだというのは、幾分か誤解があったように思える」

ついに王が譲歩した。これで一安心、かと思いきや。

「しかし！　アルミナ王国が困窮したのは事実！　そこにジュリーナの責任がなかったと言い切るのが難しいこともまた事実であろう？　全ての疑惑が雪がれたわけではない！」

王はそんなことをのたまってきた。ああもう、この人はホント。

「アルミナ国王。言っておきますが、責任を問うならばあなたもなのですよ」

「な、なに？　私？」

「言ったでしょう、『紅の宝玉』が宝石として高価で取引されるようになった原因は、アルミナ王家も関わっていると。あなた方は代々『紅の宝玉』はアルミナを守る特別な宝玉だ、王家の至宝だと持て囃し続け、煽《あお》り続けた。王家の威光を高めるためにです。ですが、そんなことを続ければいずれ必ず破綻する時が来る……その時がやってきたというだけなのですよ」

値段が上がり続ければ、いずれ限界が来る。考えてみれば当然のことだろう。

「あなたがやるべきなのは王として『紅の宝玉』の価格をしっかりと管理することで、国を維持していくことだ。アモルフィアー家に一任したりせずにね。違いますか？」

「ぐ、む……まあそれは置いといてだ！」

フェルドの言葉に反論できずしどろもどろの王様は、強引に話題を切り替えた。

「ジュリーナの聖女としての力を認め、その罪を赦《ゆる》すためには……今一度、その力を見せてもらう必要がある！　そうは思わぬか？」

「ハア……そういう魂胆でしたか」

「え、どういうことですか？」

「要するに、ハリルの手で弱った結界を、今すぐに修復してほしいということだ。君に体《てい》よく働いてもらいたいんだろう」

「なんだ、そんなことでしたか」

あれだけひどい扱いをしておいて、許されたければ働けとはまあ都合のいい話だ。

とはいえ、私にとってはお安い御用。

「そういうことなら、やってあげましょうか」

「いいのかい？」

「ええ、そのために私は来たのですから」

私は『紅の宝玉』のネックレスを握り締める。フェルドからのプレゼントのそれをアルミナのために使うのは癪だが、ま、またプレゼントして貰おう。

「はあっ……！」

意識を宝玉に集中させる。その中に宿る魔力と共鳴し、抽出する。

せっかくだ、今回は本気でやってやろう。

「はあああああっ……！」

『紅の宝玉』の魔力が私の中に満ち、私の体全体が、柔らかな赤い光に包まれていった。

「いきます！　はーっ‼」

天高く手を掲げ、魔力を空へ。赤い輝きが私から迸《ほとばし》り、遥か空の結界まで届き……一瞬の閃光と共に、広がった。

結界が赤く輝き、収まる。かつて幾度となく見てきた光景だった。

「はい、完了です。これでしばらくは心配いりませんよ」

「お、おお……こんな短時間で、そんな少量で……しかも明らかにハリルよりも濃く……！」

王、そして群衆たちが驚嘆《きようたん》している。

「どうやら今頃ジュリーナの凄さに気づいたみたいだよ」

「うーん、遅すぎですね」

アルミナの人々の反応に、フェルドと笑い合った。

「オホン！　み、見事、見事だジュリーナ。まさしくお主こそ真の聖女よ！」

調子よく私を褒め、拍手をする国王。群衆たちもそれに続いた。

そして王は、こんなことを言い始めた。

「これではっきりしたな！　一連の追放騒動、悪いのは全てハリル！　全てはあの女のせいだ！　かの悪女の企てによって我が国は聖女ジュリーナを追放するに至ってしまった……しかし！　こうして無事、偽聖女ハリルの企ては暴かれて、真の聖女ジュリーナがアルミナへと帰還したのだ！　まさしく聖獣カーバンクルの加護！　アルミナの名の下、真実は正されたのだ！」

高らかに叫ぶ王。は、なんで？　思わず口にしそうになったが、フェルドに耳打ちされたところ、アルミナの歴史ではアルミナ王家は聖獣カーバンクルによってその正統性を保証されていることになっているらしく……つまりカーバンクルが私をアルミナへと連れてきたことにすれば、その手柄は王家のものになるんだと。はあ。

「それではあらためて……ジュリーナ・コランダムよ。アルミナ王家の名の下に、お主を宝石の聖女に任じよう！　一度は追放の身になったといえど恥じることはない、今再び、このアルミナの輝きをカーバンクルと共に守る使命を与えようではないか！」

なんて言い草だ。怒りを通り越して笑えてくる。私をおちょくっているのなら大したものだが、顔を見るに、本気で言っているようだ。

「む？」

だがアルミナ王は異変に気づいたらしい。というのも、普段ならば王がこうして大口を叩けば、周囲の国民がおーっとかわーっとか言って囃し立てるものだが、今はシンとしていた。

さすがのアルミナ国民も、この国王に対する不信感が高まっているようだ。が……この王は底抜けだった。

「なるほど、国民たちにはまだジュリーナへの不信が残っていると見える。しかし案ずるなかれ、我が名の下にその名の穢れを雪ぐと約束しよう。何も気にすることはない、さあ、我が下へと戻るがいい！」

国民たちの冷ややかな視線が自分に向けられているとは微塵《みじん》も思っていない様子だ。

さあ、どうしたものか。いっそこのまま帰ってしまおうか。私が悩んでいると。

「ジュリーナ」

と、フェルドが耳打ちしてきた。その内容に、私も思わず目を見開く。

「いいんですか？　そんなこと……」

「ああ。後のことは僕に任せればいい。もちろん君がやりたいなら、だけど」

やりたいかどうかでいえば、やりたい。

「わかりました。それでは……」

私はフェルドの下から離れて、アルミナ王の方へと歩いていった。アルミナ王は特に驚いた様子も見せず、それが当然といった喜色満面で私を待ち受ける。

その目前で私は立ち止まる。

「国王様。アルミナの聖女に戻れというご命令……謹《つつし》んで、お断りします！」

「え？」

虚を突かれた王の間抜け顔。そこに目掛けて腕を振り上げ。

思いっきり、ビンタしてやった。

「ふべえっ⁉」

顔以上に間の抜けた声を上げながら王様が倒れる。兵士たちがざわついたが、動く者はいなかった。

「ふーっ、すっきり！」

やることをやった私は駆け足でフェルドの下へと戻る。

「私はもうオーソクレースの聖女です！　追放結構、アルミナなんかに戻りません！」

べーっ、舌でも出してやりたいところだったがそれは抑えた。仮にも聖女だもの。仮にも。

「な……ジュ、ジュ、ジュリーナ貴様……何をしたのかわかっているのか⁉　この、アルミナ国王の私に向かって……‼」

王が叩かれた頬を押さえながら立ち上がる。わなわなと怒りに震えていた。

「兵士ども！　何をしている⁉　早くその無礼者を……」

「無礼はあなただ、アルミナ王」

とそこを、フェルドが鋭く制した。その前に私に、あとは任せて、と一言添えて。

「あなた自身が認めたように、ジュリーナの追放にまつわる全ては冤罪《えんざい》！　ハリル本人の罪も重かろうが、それと同様に、愚かにもハリルの口車に乗り、まんまと騙されたあなたの罪もまた重い！」

「なっ……!?」

「ハリルが悪女ならば、あなたは愚王だ！　たった1人の人間の甘言《かんげん》に踊《おど》らされ、国の全てを危機に陥れた！　これを愚かと言わず、なんと言いますか！」

「ぐ、ぐ、ぐっ……！」

「それだけではない！　ハリルに騙されたあなたは我がオーソクレースの王城内に兵士を侵入させ、あまつさえ我が客人たるジュリーナを拉致しろと命じた！　これをどう贖うおつもりか！」

「そ、それは……へ、兵士たちが勝手に……」

「あなた自身が認めたことだ、自分が命じたと！」

「ぐぐぐっ……!!」

これまでアルミナ王は私が悪人であるという前提の下、様々な自分の愚行を正当化してきた。

ハリルがいなくなった今、その全てが本人に返ってきているというわけだ。

「むしろあなたは感謝しなければなりません。本来ならば一国の主が主導しての我が国への不法侵入と拉致未遂《みすい》、許しがたい行為だ。それをジュリーナは、たったこれだけで許そうと言うのです。その寛大さと慈愛に感謝し……そんな彼女を疑い追放したこと、せいぜい後悔することです」

慈愛は言い過ぎですよ、フェルド。ビンタはビンタですって。

ああこれ、私よりもフェルドがずっと頭に来てるんだ。本当は自分の手で一発かましてやりたかったのだろう。

「あらためて宣言しましょう。ジュリーナは、我がオーソクレースの……この第一王子フェルド・オーソクレースの、大事な客人だ。そのジュリーナがあなたを許すから、私もこれ以上は言いません。おわかりですか？」

「ぐ……わ、わかった……！」

王は悔しそうに歯噛みしながらも、それでも認めた。そうしなければ立場が不利になるだけだとわかったからだろう。

つまり無理にアルミナが私を取り戻そうとすれば、オーソクレースがアルミナを許す理由がなくなって……まあ、大変なことになるわけだ。両国間というより、他国への体面が保《たも》てなくなるものね。

それに……ただでさえ危うい国民への信頼が、さらに失われることになる。もう手遅れかもしれないけど。

「それでは……これで失礼します。ジュリーナ、君もそれでいいかい？」

「ええ、十分すぎるくらいです。行きましょう」

「ま、待て！　それではこの国はこれからどうなる!?　『紅の宝玉』は、結界は……！」

王の嘆《なげ》きを、私とフェルドは無視した。

私がいなくなったらこの国がどうなるのか。そんなのは、私を追放した時から決まっていることだ。遅かれ早かれ……

ま、もう、どうでもいいことだ。

「キセノさん、パイロさんもお疲れ様でした」

「滅相もございません」

「恐縮です……」

「サッちゃん、もうひとっ飛びよろしくね！」

『構わん、容易《たやす》いことよ！　しかしこ奴らを蹴散らさなくていいのか？』

「いいの！　もう終わったことだから」

待て、話はまだ終わってない、この先アルミナがどうなってもいいのか……なんて声も聞こえた。

でも、もう、いいのだ。

この国がどうなろうと私の知ったことではない。それは今も以前も変わらない。

「それでは皆様。ごきげんよう！」

サッちゃんが翼を広げ、空へと舞いあがる。

下からはアルミナ国民たちの声が聞こえた。国王への罵声だ。今後の自分たちのことを思った時に、絶望のあまりこらえきれなくなったのだろう。私の次はハリル、ハリルの次は国王というわけだ。

ともあれ。

こうして私は、再びこの国を去る。

今度は1人ではなく、フェルドと、信頼できる人たちと共に。

エピローグ

Houseki no Seijo

オーソクレース王国、私の部屋にて。

私とフェルドはゆったりと時間を過ごしていた。

「こうしていると、アルミナでのことが嘘のようですね」

アルミナでの事件から、もう数日が経過していた。あれから諸々の後オーソクレースに帰った私たちだが、今日までの日々は実に穏やかだった。

「あれからアルミナも何もしなくなったし、よかったよかった」

「そうだね。さすがにアルミナも懲《こ》りたらしい。まだ僕らの方で警戒は続けるけどね」

私の冤罪は晴れ、アルミナに私を追う理由はなくなった。それでも逆恨《さかうら》みで何かしてくる危険はあるが、今のところその気配はない。

フェルド曰く、それどころじゃない、と言った方がいいのかもしれないのだとか。

「『紅の宝玉』が今後どうなるか、アルミナの結界はどのように維持していくのか、アモルフィアー家の処遇はどうするか……決めなきゃならないことは山積みだろうからね」

「あ、それなんですけど、ちょっと考えてみたんです。私をアルミナに売る、というのはどうですか?」

「え、う、売る……?」

「はい！　お金を貰う代わりに、私がアルミナに結界を張ってあげるんです。報酬があれば私はそれでいいので。そのお金がオーソクレースに入れば、フェルドも助かるでしょう？」

私もオーソクレースに貢献していきたいのだ。フェルドの隣で胸を張るために。

「ふふふ……君は本当に、すごい人だね」

フェルドは私の提案を聞いて笑っていた。素人の変な提案だったかもなあ。

「そうそう、報酬といえば……」

そうしてフェルドが取り出した小箱。開かれたその中には『紅の宝玉』のネックレスが入っていた。

「ひとまず用意できた、僕からのお礼、その一部だ。受け取ってくれるかな？」

「もちろん！　ありがとうございます」

私はそのネックレスを遠慮なく手に取り、首にかけた。フェルドからの贈り物を遠慮する理由はない。

うん、やっぱり落ち着く。それになんだかんだで、私は『紅の宝玉』の輝きが好きだ。単純ながら美しいと思うし、その輝きを身につけていると、自信が持てる。本当は宝石ではないのかもしれないけれど、だからといってこの輝きが消えるわけじゃない。

「似合ってますか？　フェルド」

「ああ、とても」

そう言って、フェルドと笑みを交わし合った。

ただ、その時。

「……次」

「ん？　なんですか？」

「もし次に、君にこうして、『紅の宝玉』のアクセサリーを贈る時……」

フェルドはふいに手を伸ばし、私の手に彼の手を重ねた。優しい指使いで、私の指に触れる。

「もしも、次また君に『紅の宝玉』を贈るとしたら……その時は……」

「その時は？」

「ネックレスじゃなくて……指輪を、贈ってもいいかな？」

「……へ？」

指輪を贈る。

それって。

それって、つまり。

「……ええっ⁉」

ぼんっ、と、私は顔が赤くなるのを感じた。

「ごめん、急すぎたかな」

「え！　いやその、急ってわけでは！　でもそれって、それって……ええっ⁉」

「次の話さ。考えておいてね」

フェルドはそう言って悪戯っぽく笑う。混乱する私を見て、とても楽しそうに、嬉しそうに。

なぜならきっと……私も混乱すると同時に……笑っていたからだろう。

「ジュリーナ！　茶が用意できたぞ〜‼」

その時、ドアを勢いよく開けてメイド姿のサッちゃんが飛び込んできた。

「今日はパイロも連れてきた！　皆で茶を楽しむとしようぞ！」

「失礼いたします、フェルド様、ジュリーナ様……ああ、サッピールズ様が私の名を……」

「クル様用のおやつもご用意いたしました。すぐ準備いたしますね」

サッちゃんに続いてパイロ、キセノさんもやってくる。いつもの面子だ。

「ま……いっか」

ひとまずは皆と一緒にお茶を楽しむとしよう。フェルドの話は、また後で考える。

だってこれからも、この日々は続いていくのだから。

私はそっと、胸の『紅の宝玉』を撫でた。

宝石は、求められ、認められてこその宝石。逆に言うと石じゃなくとも、真珠《しんじゅ》のように美しさから宝石と呼ばれるものもある。

聖女もまた、周囲が決める呼び名だ。私は一度それを否定され、剥奪《はくだつ》され、追放されたわけだが……

今は違う。求めてくれる人たちがいる、認めてくれる人たちがいる。

宝石の聖女。その呼び名を、誇っていきたいと思う。

この手の中の、紅の輝きと共に。

本書に対するご意見、ご感想をお寄せください。

あて先

〒162-8540 東京都新宿区東五軒町3-28
双葉社　モンスター文庫・Mノベルス編集部
「八木山蒼先生」係／「壱子みるく亭先生」係
もしくは monster@futabasha.co.jp まで

Mノベルス

宝石《ほうせき》の聖女《せいじょ》　ー宝石《ほうせき》を要求《ようきゅう》していたら「欲深女《よくぶかおんな》め！」と追放《ついほう》された。結界《けっかい》の維持《いじ》に必要《ひつよう》だったんですけど？ まあもういいやー

2025年5月12日　第1刷発行

著　者　八木山蒼《やぎやまそう》

発行者　島野浩二

発行所　株式会社双葉社
〒162-8540　東京都新宿区東五軒町3番28号
［電話］03-5261-4818（営業）　03-5261-4851（編集）
https://www.futabasha.co.jp/（双葉社の書籍・コミック・ムックが買えます）

印刷・製本所　三晃印刷株式会社

落丁、乱丁の場合は送料双葉社負担でお取替えいたします。「製作部」あてにお送りください。ただし、古書店で購入したものについてはお取り替えできません。定価はカバーに表示してあります。本書のコピー、スキャン、デジタル化等の無断複製・転載は著作権法上での例外を除き禁じられています。本書を代行業者等の第三者に依頼してスキャンやデジタル化することは、たとえ個人や家庭内での利用でも著作権法違反です。

［電話］03-5261-4822（製作部）
ISBN 978-4-575-24815-9 C0093

Mノベルス

愛さないといわれましても
元魔王の伯爵令嬢は生真面目軍人に餌付けをされて幸せになる
豆田麦
Ill. 花染なぎさ
『君を愛することはないだろう』政略結婚の初夜。夫から突然『愛さない宣言』をされてしまい、焦るアビゲイル。それって……ごはんはいただけないということですか!? 家族にずっと虐げられてきた前世魔王の伯爵令嬢が、夫の生真面目軍人に餌付けをされて幸せになる、新感覚餌付けラブストーリー!

発行・株式会社　双葉社

Mノベルス

tobirano presents
とびらの
illust:
紫真依
ずたぼろ令嬢は
姉の元婚約者に
溺愛される
親から召使として扱われているマリーの誕生日パーティー、主役は……誰からも愛されるマリーの姉・アナスタジアだった。パーティーを抜け出したマリーは、偶然にも輝く緑色の瞳をしたキュロス伯爵と出会う。2人は楽しい時間を過ごすも、自分の扱われ方を思い出したマリーは彼の前から逃げ出してしまう。そんな誕生日からしばらくし、姉とキュロス伯爵の結婚が決まったのだが、贈られてきた服はどう見てもマリーのサイズで——!?「小説家になろう」発、勘違いから始まったマリーと姉の婚約者キュロスの大人気あまあまシンデレラストーリー!

発行・株式会社　双葉社

Mノベルス

彩戸ゆめ
画 すがはら竜
真実の愛を見つけたと言われて婚約破棄されたので、復縁を迫られても今さらもう遅いです！
ある日突然マリアベルは「真実の愛を見つけた」という婚約者のエドワードから婚約破棄されてしまう。新しい婚約者のアネットは平民で、エドワード直々に「君は誰よりも完璧な淑女だから」と、マリアベルは教育係を頼まれてしまう。教育係を断った後、マリアベルには別の縁談が持ち上がる。だがそれを知ったエドワードがなぜか復縁を迫ってきて……。

発行・株式会社　双葉社

Mノベルス

異世界でもふもふなでなでするためにがんばってます。
向日葵　ill.雀葵蘭
秋津みどり享年二十七。死因は過労。神様から能力をもらって異世界に転生しました！　与えられたスキルは、人間以外の生物に好かれること。それ以外は平々凡々な私だけど、ハイスペックな家族に見守られつつ異世界ライフを満喫している。ファンタジーな動物たちをもふもふしたり、なでなでしたりする毎日。何やらきな臭い動きもあるけれど、神様に振り回されつつ、チートな仲間たちと一緒にがんばってます！

発行・株式会社　双葉社

Mノベルス
シンデレラの姉ですが、不本意ながら王子と結婚することになりました
柚子れもん
ill. 茲助
身代わり王太子妃は離宮でスローライフを満喫する

シンデレラの姉のアデリーナ。ガラスの靴を持つ王子のプロポーズを断って、魔法使いと駆け落ちしたシンデレラの代わりに、国中が憧れる『麗しの王子』と強制的に結婚することになりました。『結婚してもお前を愛するつもりはない』と言われたけれど、問題ありません！　愛人でも側室でもどうぞご自由に！　私はお飾りの妃として、王宮から離れた離宮でもふもふ達とのんびりロイヤルニート生活を始めますから！　しかし、スローライフしつつ円満離婚＆慰謝料を目指すアデリーナに、冷たかった王子が興味を持ち始めたようで——!?　「小説家になろう」大人気お飾り妃のスローライフ・ラブコメディ、遂に書籍化！

発行・株式会社　双葉社

Mノベルス

転生先で捨てられたので、
もふもふ達とお料理します
～お飾り王妃はマイペースに最強です～
桜井悠
illust. 凪かすみ
王太子に婚約破棄され捨てられた瞬間、公爵令嬢レティーシアは料理好きOLだった前世を思い出す。国外追放も同然に女嫌いで有名な銀狼王グレンリードの元へお飾りの王妃として赴くことになった彼女は、もふもふ達に囲まれた離宮で、マイペースな毎日を過ごす。だがある日、美しい銀の狼と出会い餌付けして以来、グレンリードの態度が徐々に変化していき……。コミカライズ決定！　料理を愛する悪役令嬢のもふもふスローライフ、ここに開幕！

発行・株式会社　双葉社

Mノベルス

北の砦にて
At the northern fort
new season
新しい季節
転生して、
もふもふ子ギツネな
雪の精霊になりました
Mikuni Tsukasa
三国司
Illust. 草中
日本で暮らす女の子が異世界に、しかも子ギツネの姿をとる雪の精霊ミルフィリアとして転生した。最初は北の砦にいる強面の騎士たちが怖かったけど、今はもう大の仲良し。母上とは雪の上で丸くなって身を隠す訓練。砦の騎士たちとは〝初対面ごっこ〟。ミルフィリアがみんなと楽しく過ごす中、国では何やら精霊が関わる事件が起きているようで……。果たしてミルフィリアは犯人を見つけることができるのか!? 読んだらきっと〝もふもふ〟したくなるほのぼのほっこり交流譚。

発行・株式会社　双葉社

Mノベルス

ヒトを勝手に参謀にするんじゃない、この覇王。
ゲーム世界に放り込まれたオタクの苦労
TSUKASA MINATOSE
港瀬つかさ
ILLUSTRATION まろ
突然、RPGゲーム世界に放り込まれたオタク女子大生・榎島未結。やり込み知識でうっかりゲームの展開を呟いたら、イケメン獅子獣人の覇王アーダルベルトに捕まって、やりたくもない参謀にされてしまい……。仕方ないから、ゲーム知識を《予言》にして、国と覇王（推し）の破滅を乗り越えよう!?
「小説家になろう」発、第七回ネット小説大賞受賞作が登場！

発行・株式会社　双葉社

Mノベルス

ななしの皇女と冷酷皇帝
～虐げられた幼女、今世では龍ともふもふに溺愛されています～
藍上イオタ
illust. 漣ミサ
名前もつけられず虐げられていた皇女「アレ」。ループを繰り返すたびに非業の死を遂げてきたが、三度目のループでは三歳の幼女に！　すると、なぜか皇族の守り神・金龍に目をかけられ、伝説のモフモフ炎虎に懐かれるように!?　以前は無関心だった兄（皇太子）からは天使と呼ばれ、冷酷無残と名高い父（皇帝）からも溺愛されるようになり――!?　ななしのお姫様、名前を得て生き延びるために奮闘中！「小説家になろう」発、大人気ストーリー！

発行・株式会社　双葉社